T0047832

Alicia
a través del
espejo

Lewis Carroll

Ilustraciones de
John Tenniel

Incluye
La caza del Snark

Ilustraciones de
Henry Holiday

Alicia
a través del
espejo

Lewis Carroll

Ilustraciones de
John Tenniel

Incluye
La caza del Snark

Ilustraciones de
Henry Holiday

EDICIONES **ABRAXAS**

Título original: *Alice Through the Looking Glass*
Ilustraciones: John Tenniel (1820-1914) Originales 1871.
Licencia Creative Commons CC0 1.0 Universal

Título original: *The Hunting of the Snark: An Agony in Eight Fits*
Ilustraciones: Henry Holiday (1839-1927). Originales 1876.
Licencia Creative Commons CC0 1.0 Universal

Maquetación y diseño de portada: Vanesa Diestre

Impreso en España/ *Printed in Spain*
ISBN: 978-84-15215-69-1
Depósito legal: B 21846-2019

ÍNDICE

Alicia
a través del
espejo

Lewis Carroll

Ilustraciones de
John Tenniel

I

La casa del espejo

No hay ningún tipo de duda en que en una cosa estamos completamente seguros y esto es que el gatito blanco no tuvo absolutamente nada que ver con todo este lío... La culpa fue completamente del gatito negro. Efectivamente, durante los últimos quince minutos, la vieja gata había sometido al gatito blanco a un aseo profundo y riguroso; y cabe añadir que debe reconocerse que este la soportó muy bien. Por ello, está bien claro que este no pudo ocasionar el contratiempo.

El modo en el que Dina les lavaba la cara a sus gatitos tenía siempre la misma rutina: primero, sujetaba con mucha firmeza a la víctima con un pata y después le pasaba la otra por toda la cara. Lo hacía a contrapelo, empezaba por la nariz y, en este preciso momento, como decía antes, estaba dedicada por completo al gatito blanco, que se dejaba hacer sin casi moverse intentando ronronear... Sin duda era porque creía que todo aquello se lo estarían haciendo por su propio bien.

Pero Dina ya había despachado al gatito negro antes aquella tarde y fue así como sucedió que, mientras Alicia estaba acurrucada en el rincón de una gran butaca, hablando consigo misma a duermevela, aquel gatito se había estado desquitando de los disgustos sufridos, con los placeres del juego, con una pelota surgida del ovillo de lana que Alicia había estado intentando enrollar y que ahora había rodado tanto de un lado para otro que se había deshecho toda y corría, revuelta en nudos y enredos, por toda la alfombra frente a la chimenea, con el minino en medio girando sobre él mismo detrás de su propio rabo.

—¡Ay! ¡Pero qué mala que es esta criatura! —exclamó Alicia agarrando al gatito y dándole un beso para que entendiera que había caído en desgracia—. ¡Lo que sucede es que Dina debería enseñarles mejores modales! ¡Sí, señora, deberías haberlos educado mejor, Dina! ¡Y además, creo que tú ya lo sabes! —añadió con una mirada llena de recriminación a la vieja gata y hablándole tan duramente como podía.

Entonces se irguió sobre su butaca llevando con ella al gatito y el ovillo de hilo de lana para comenzar a enrollarlo de nuevo. Sin embargo, no avanzaba demasiado rápido, ya que no hacía más que hablar, algunas veces con el gatito y otras veces consigo misma. El minino se acomodó, muy prudente, sobre su regazo intentando seguir con atención el progreso del ovillo, estirando de vez en cuando una patita para tocar muy suavemente la maraña de hilo de lana, como si tuviera la intención de ayudar a Alicia en su labor.

—¿Sabes qué día será mañana? —comenzó a decirle Alicia—. Lo sabrías si te hubieras asomado a la ventana conmigo... Pero como Dina te estaba aseando no pudiste hacerlo. Estuve viendo cómo los chicos reunían leña para la hoguera... ¡Y no sabes la cantidad de leña que es necesaria para ello, gatito! Sin embargo, hacía tanto frío y nevaba tanto que tuvieron que abandonar. No te preocupes, minino, que mañana ya veremos la fogata.

En ese momento, a Alicia se le ocurrió dar dos o tres vueltas de lana alrededor del cuello del gatito, para ver cómo le sentaba. Esto produjo tal lío que el ovillo se le cayó de las manos y rodó por el suelo dejando detrás metros y metros desenrollados.

—¿Sabes que estoy muy enfadada contigo, minino? —prosiguió Alicia cuando pudo sentarse de nuevo en la butaca—. Cuando vi todas las travesuras que habías estado haciendo estuve a punto de abrir la ventana y dejarte fuera. ¡De patitas en la nieve! ¡Y bien que te lo habías ganado, desde luego, querido travieso! A ver, ¿qué vas a decir ahora para que no te dé? ¡No me interrumpas! —le detuvo Alicia rápidamente y amenazándole con un ademán del dedo—: ¡Voy a exponerte todas tus travesuras! Primera:

esta mañana, gritaste dos veces mientras Dina te estaba lavando la cara; no intentarás negarlo, caradura. ¡Que yo bien que te oí! ¿Qué es eso que estás diciendo? —preguntó haciendo ver que escuchaba lo que el minino le decía—. ¿Que te metió la pata en un ojo? Bueno, pues eso fue culpa tuya también, por no cerrar bien el ojo... Si no te hubieses empeñado en tenerlo abierto no te habría pasado nada, ¡hale! ¡Y basta ya de excusas: escúchame con atención! Segunda travesura: cuando le puse a Copito de nieve su platito de leche, tú fuiste y la cogiste por la cola para que no pudiera bebérsela. ¿Como?¿Que tenías mucha sed? Bueno, ¿y es que ella no? Y ahora va la tercera: ¡desenrollaste todo un ovillo de lana cuando no estaba atenta! ¡Van ya tres trastadas y todavía no te han castigado por ninguna! Bien sabes que te estoy reservando todos los castigos para el miércoles de la semana que viene...

Alicia siguió hablando, más consigo misma que con el gatito:

—¿Y qué pasaría si me acumularan a mí todos mis castigos? ¿Qué no me harían a mí al finalizar el año? No tendrían más remedio que enviarme a la cárcel, imagino, el día que me tocaran todos los castigos juntos. De otro modo, veamos... Supongamos que me hubieran castigado en cada ocasión a quedarme sin cenar, entonces cuando llegara el horrible día en que me tocara cumplir todos los castigos impuestos, ¡me tendría que quedar sin cenar cincuenta veces! Bueno, no creo que esto me importe tanto tanto. ¡Lo prefiero a tener que comérmelas todas de una vez! ¿Oyes la nieve golpeando sobre los cristales de la ventana, minino?

¡Qué sonido más agradable y más delicado! Parece que le estén dando besos al cristal desde el exterior. Me pregunto si será por amor por lo que la nieve besa tan suavemente a los árboles y a los campos, cubriéndolos después, por decirlo de algún modo, con su manto blanco. Quizá les diga también: «Dormid ahora, queridos, hasta que regrese de nuevo el verano» y, cuando se despiertan al llegar el verano, minino, se visten todos de verde y bailan livianos... Siempre al compás del viento. ¡Ay, qué cosas más bonitas estoy diciendo! —exclamó Alicia, dejando caer el ovillo para dar palmas—. ¡Y cómo me gustaría que así fuese de verdad! ¡Estoy segura de que los bosques tienen apariencia somnolienta en el otoño, cuando las hojas se les tornan doradas!

Alicia prosiguió:

—Minino, ¿sabes jugar al ajedrez? ¡Vamos, no te rías, querido, que te lo estoy preguntando en serio! Porque hace un ratito, cuando estábamos jugando, nos mirabas como si de verdad entendieras el juego. Y cuando yo dije «jaque», ¡te pusiste a ronronear! Bueno, después de todo, aquel jaque me salió bien bonito... Y estoy segura de que habría ganado si no hubiera sido por ese malvado alfil que descendió oscilando por mis piezas. Gatito, querido, juguemos a que tú eres...

Y al llegar a este punto me gustaría explicaros aunque solo fuera la mitad de todas las cosas que a Alicia se le ocurrían cuando comenzaba con su frase favorita: «Juguemos a ser...». Tanto es así que ayer estuvo discutiendo durante mucho rato con su hermana únicamente porque Alicia había empezado diciendo «juguemos a que somos reyes y reinas»; y su hermana, a quien le gusta ser siempre muy específica, le había contestado que cómo iban a jugar a aquello si entre ambas solo podían jugar a ser dos, hasta que, al final, Alicia tuvo que zanjar la cuestión diciendo:

—Bueno, pues tu puedes ser una de las reinas y yo puedo ser todas las demás.

Y de nuevo, le dio un tremendo susto a su vieja niñera cuando le gritó inesperadamente al oído:

—¡Aya! ¡Juguemos a que yo soy una hiena hambrienta y tu un hueso jugoso!

Pero todo esto nos está apartando de la conversación de Alicia con su minino:

—¡Juguemos a que tu eres la Reina roja, minino! ¿Sabes? Estoy segura de que si te sentaras y cruzaras los brazos te parecerías mucho a ella. ¡Venga! ¡Vamos a probar! Así me gusta...

Entonces, Alicia cogió a la Reina roja de encima de la mesa y la puso enfrente del gatito para que observara bien el modelo que había de imitar. No obstante, aquello no funcionó, básicamente porque, como dijo Alicia, el gatito no quería cruzarse de brazos en la forma correcta. De modo que, para castigarlo, lo levantó para que se mirara en el espejo y se asustara de la cara tan fea que estaba poniendo.

—Y si no empiezas a portarte bien desde ahora mismo —añadió—, ¡te pasaré a través del cristal y te dejaré en la casa del espejo! ¿Te gustaría eso? En cambio, si me prestas atención, en lugar de hablar tanto, minino, te explicaré todas mis ideas sobre la casa del espejo. Primero, ahí está el cuarto que se ve al otro lado del espejo y que es totalmente igual a nues-

tro salón, solo que con todas las cosas colocadas al revés...
Todas menos la parte que está justo al otro lado de la chimenea. ¡Ay, cómo me encantaría ver ese rincón! Tengo tantas
ganas de saber si también ahí encienden la chimenea en el
invierno... En realidad, desde aquí, nosotros nunca podremos
saberlo, excepto cuando nuestro fuego comience a humear,
puesto que entonces también sale humo del otro lado, en ese
cuarto... Pero eso puede ser solo un apariencia para hacernos
creer que ellos también tienen un fuego encendido allí. Bueno, en cualquier caso, sus libros son muy parecidos a los nuestros, pero tienen las palabras escritas a la inversa. Y esto lo sé
porque una vez puse uno de los nuestros frente al espejo y
entonces los del otro cuarto me enseñaron uno de los suyos.

—¿Te gustaría vivir en la casa del espejo, minino? Me pregunto si allí te darían leche; pero quizá la leche del espejo no
es buena para beber... Pero ¡ay, minino, ahí está ya el pasillo!

Si se deja la puerta de nuestro salón abierta de par en par, puede verse apenas un poquito del pasillo de la casa del espejo. Por lo que se puede ver desde aquí se parece mucho al nuestro, únicamente que, ya se sabe, puede que sea muy distinto más allá. ¡Ay, minino, qué bonito sería si pudiéramos entrar en la casa del espejo! ¡Estoy convencida de que tendrá muchísimas cosas bonitas! Juguemos a que existe algún modo de atravesar el espejo, juguemos a que el espejo se hace blando, como si fuera una gasa, como si pudiéramos pasar a través de él. Pero... ¡¿cómo?! ¡¡Si parece que ahora mismo se está empañando y transformándose en una especie de niebla!! ¡Apuesto a que ahora sería muy fácil pasar al otro lado!

Mientras decía esto, Alicia se dio cuenta de que estaba encumbrada sobre la repisa de la chimenea, aunque no podía acordarse de cómo había llegado hasta allí. Y, en efecto, el cristal del espejo se estaba disolviendo, deshaciéndose entre las manos de Alicia, como si fuera una niebla plateada y reluciente.

Un instante más y Alicia había pasado a través del cristal y saltaba con ligereza en el interior del cuarto del espejo. Lo primero que hizo fue ver si había un fuego encendido en su chimenea y, con gran regocijo, confirmó que, en efecto, había allí uno, ardiendo tan reluciente como el que había dejado tras de sí.

«De modo que estaré aquí tan calentita como en el otro cuarto —pensó Alicia—. En realidad, más caliente todavía porque aquí no habrá quien me riña por acercarme demasiado al fuego. ¡Ay, qué divertido va a ser cuando me vean a través del espejo y no puedan atraparme!»

Entonces empezó a observar atentamente a su alrededor y se dio cuenta de que todo lo que podía verse desde el antiguo salón era bastante común y trivial, pero que todo lo demás era muy distinto. De este modo, por ejemplo, los cuadros que estaban a uno y otro lado de la chimenea aparentaban estar llenos de vida. Y el mismo reloj, que estaba sobre el estante y precisamente al que en el espejo solo se le podía ver la parte posterior, tenía en la esfera la cara de un viejito que la miraba sonriendo con pillería.

Al ver que varias piezas del ajedrez estaban desperdigadas entre las cenizas del hogar, Alicia pensó: «Este salón no lo tienen tan bien arreglado como el otro». Pero, al instante siguiente y con un «¡ah!» de sorpresa, Alicia se acuclilló y a cuatro patas se puso a observarlas: ¡las piezas del ajedrez se estaban paseando por ahí de dos en dos!

—Ahí están el Rey rojo y la Reina roja —susurró Alicia muy bajito por miedo a asustarlos—. Y allí están el Rey blanco y la Reina blanca sentados sobre el filo de la pala de la chimenea... Y por allí van dos torres caminando engarzadas del brazo... Creo que no me pueden oír —prosiguió Alicia—. Y estoy casi segura de que tampoco me pueden ver. Siento como si de algún modo me estuviera volviendo invisible.

En ese instante algo que estaba sobre la mesa, detrás de Alicia, empezó a dar unos agudos gritos; Alicia giró la cabeza justo a tiempo para ver cómo uno de los peones blancos rodaba sobre la tapa y comenzaba una destacable rabieta. Alicia lo miró con gran curiosidad para ver qué iba a ocurrir después.

—¡Es la voz de mi niña! —gritó la Reina blanca, mientras se lanzaba hacia donde estaba su criatura, dándole al Rey un empujón tan fuerte que lo lanzó rodando por encima de las cenizas—. ¡Mi precioso lirio! ¡Mi imperial gatita! —y comenzó a ascender como podía por el guardafuegos de la chimenea.

—¡Necedades imperiales! —gruñó el Rey, frotándose la nariz que se había lastimado al caer. Por supuesto tenía derecho a estar algo enfadado con la Reina puesto que estaba cubierto de cenizas de la cabeza a los pies.

Alicia estaba muy deseosa de ser de alguna utilidad y, como veía que a la pobre pequeña que llamaban «lirio» estaba a punto de darle un ataque, a fuerza de gritar, corrió a ayudar a la Reina. La cogió con la mano, la alzó por los aires y la colocó sobre la mesa, al lado de su ruidosa hijita. La Reina se quedó pasmada del sobresalto. Aquella repentina trayectoria por los aires la había dejado sin aliento y durante uno o dos minutos no pudo hacer otra cosa que abrazar silenciosamente a su pequeño lirio. Tan pronto como pudo recuperar el habla, gritó al Rey, que seguía sentado, muy enfadado entre las cenizas:

—¡Cuidado con el volcán!

—¿Qué volcán? —preguntó el Rey mirando con nerviosismo el fuego de la chimenea, como si creyera que aquel fuese el lugar más indicado para encontrar uno.

—Me... arrojó... por... los aires —jadeó la Reina, que todavía no había recobrado del todo el aliento—. Intenta ascender hasta aquí arriba... por el camino habitual... ve con cuidado... ¡No dejes que una explosión te haga salir disparado por los aires!

Alicia observó al Rey blanco, mientras este ascendía con mucha dificultad de barra en barra por el guardafuegos, hasta que finalmente le dijo:

—¡Hombre! A ese paso vas a tardar horas y horas en llegar hasta encima de la mesa. ¿No sería mejor que te ayudase un poco?

Sin embargo, el Rey prosiguió adelante sin prestarle la menor atención. Era obvio que no podía ni oírla ni verla. De este modo, Alicia lo cogió muy suavemente y lo levantó por los aires acercándolo a la mesa mucho más despacio de lo que había hecho con la Reina, para no asustarlo. Pero antes de dejarlo allí, quiso aprovechar para limpiarlo un poco, ya que estaba realmente cubierto de cenizas. Más tarde Alicia diría que jamás en toda su vida había visto una cara como la que puso el Rey en aquel momento, cuando se encontró suspendido en el aire por una mano invisible que además le estaba limpiando el polvo. Estaba demasiado estupefacto para lograr emitir sonido alguno, pero se le desorbitaban los ojos y se le iban poniendo más y más redondos, mientras la boca se le abría más y más. A Alicia comenzó a temblarle la mano de la risa que le estaba dando al verlo así y estuvo a punto de dejarlo caer al suelo.

—¡Ay, por Dios, no pongas esa cara, amigo! —exclamó olvidándose completamente de que el Rey no podía oírla—. ¡Me estás haciendo reír de tal forma que apenas puedo sostenerte con la mano! ¡Y no abras tanto la boca, que se te va a llenar de cenizas! ¡Vaya! Parece que ya está bastante limpio —añadió mientras le alisaba el pelo y lo colocaba al lado de la Reina.

El Rey se dejó caer inmediatamente de espaldas y se quedó tan inmóvil como pudo. Entonces, Alicia se alarmó un poco al ver los resultados de lo que había hecho y se puso a dar vueltas por el cuarto para ver si encontraba un poco de agua para rociársela. Sin embargo, lo único que pudo encontrar fue una botella de tinta. Cuando volvió con ella a donde estaba el Rey vio que ya se había recobrado y estaba hablando con la Reina; ambos cuchicheaban aterrorizados y tan flojo que Alicia apenas pudo oír lo que se decían.

El Rey estaba entonces diciéndole a la Reina:

—¡Te aseguro, querida, que se me congelaron hasta las puntas de los bigotes!

A lo que la Reina le contestó:

—¡Pero si no tienes ningún bigote!

—¡No me olvidaré jamás, jamás, del horror de aquel momento horroroso! —continuó el Rey.

—Si no redactas pronto una nota de lo ocurrido, ya verás como sí lo olvidas —dijo la Reina.

Alicia observó con mucho interés cómo el Rey sacaba un enorme cuaderno de notas del bolsillo y comenzaba a escribir en él. Pensó entonces una idea irresistible y cedió a la tentación: se hizo con el control del extremo del lápiz, que se sobresalía bastante más allá por encima del hombro del Rey, y comenzó a obligarle a escribir lo que ella quería.

El pobre Rey, poniendo cara de considerable confusión y contrariedad, trató de luchar con el lápiz durante algún tiempo sin decir nada; pero Alicia era demasiado fuerte para él y al final gritó:

—¡Querida! Me temo que no voy a tener más remedio que conseguir un lápiz menos grueso. No termino de arreglármelas con este, que se pone a escribir toda clase de cosas que no responden a mi voluntad...

—¿Qué clase de cosas? —exclamó la Reina.

Y observó por encima el cuaderno, en el que Alicia había escrito: «El caballo blanco se está deslizando por el hierro de la chimenea. Su equilibrio deja mucho que desear».

—¡Eso no responde en absoluto a tus sentimientos! —gritó la Reina.

Un libro estaba sobre la mesa, cerca de donde estaba Alicia, y mientras ella seguía observando de cerca al Rey —ya que todavía estaba un poco preocupada por él y tenía la tinta bien cerca para echársela encima en caso de que volviera a darle otro ataque—, empezó a hojearlo para ver si encontraba algún párrafo que pudiera leer. «Pues en realidad parece estar escrito en un idioma que desconozco», se dijo a sí misma.

GALIMATAZO

Brillaba, brumeando negro, el sol;
agiliscosos giroscaban los limazones
banerrando por las váparas lejanas;
mimosos se fruncían los borogobios
mientras el momio rantas murgiflaba.

Durante algún tiempo estuvo tratando de descifrar un pasaje, hasta que al final se le ocurrió una brillante idea:

—¡Claro! ¡Es un libro del espejo! Por lo tanto, si lo coloco delante del espejo las palabras se pondrán del derecho.

Y este fue el poema que Alicia pudo leer entonces:

GALIMATAZO

Brillaba, brumeando negro, el sol;
agiliscosos giroscaban los limazones
banerrando por las váparas lejanas;
mimosos se fruncían los borogobios
mientras el momio rantas murgiflaba.

¡Cuídate del Galimatazo, hijo mío!
¡Guárdate de los dientes que trituran.
Y de las zarpas que desgarran!
¡Cuídate del pájaro Jubo—Jubo y
que no te agarre el frumioso Zamarrajo!

Valiente empuñó el gladio vorpal;
a la hueste manzona acometió sin descanso;
luego, reposóse bajo el árbol del Tántamo
y quedóse sesudo contemplando...

Y así, mientras cabilaba firsuto.
¡¡Hete al Galimatazo, fuego en los ojos,
que surge hedoroso del bosque turgal
y se acerca raudo y borguejeando!!

¡Zis, zas y zas! Una y otra vez
zarandeó tijereteando el gladio vorpal!
Bien muerto dejó al monstruo, y con su testa
¡volvióse triunfante galompando!

¡¿Y haslo muerto?! ¡¿Al Galimatazo?!
¡Ven a mis brazos, mancebo sonrisor!
¡Qué fragarante día! ¡Jujurujúu! ¡Jay, jay!
Carcajeó, anegado de alegría.

Pero brumeaba ya negro el sol
agiliscosos giroscaban los limazones
banerrando por las váparas lejanas,
mimosos se fruncían los borogobios
mientras el momio rantas necrofaba...

—Me parece muy bonito —dijo Alicia cuando lo terminó de leerlo—. Solo que es algo difícil de entender.

Como veremos, a Alicia no le gustaba confesar y ni siquiera tener que reconocer ella sola que no podía encontrarle ni pies ni cabeza al poema.

—Es como si me llenara la cabeza de ideas. ¡Solo que no sabría identificar cuáles son! En todo caso, lo que sí está claro es que alguien ha matado algo...—continuó Alicia—. Pero ¡ay! ¡Si no me doy prisa, voy a tener que volverme por el espejo antes de haber podido ver cómo es el resto de esta casa! ¡Vayamos primero a ver el jardín!

Salió del cuarto como un meteorito y corrió escaleras abajo... Aunque, pensándolo bien, no es que corriera, sino que parecía como si hubiese inventado una nueva manera de descender rápida y velozmente por la escalera. Como se dijo Alicia a sí misma: le sobraba con apenas apoyar la punta de los dedos sobre la barandilla para flotar ligeramente hacia abajo sin que sus pies siquiera tocaran los escalones. Después, flotó por el vestíbulo y habría continuado, saliendo disparada por la puerta del jardín, si no se hubiera agarrado a la viga. Tanto flotar la estaba mareando un poco, así que confirmó con satisfacción que había empezado a andar de una manera natural.

II

El jardín de las flores vivas

«Veré mucho mejor cómo es el jardín —se dijo Alicia— si puedo subir a lo alto de aquella colina. Aquí veo un sendero que lleva derecho allá arriba... Bueno, lo que es derecho, desde luego no funciona... —aseguró cuando al caminar unos cuantos metros se encontró con que daba toda clase de vueltas y revueltas—. Pero supongo que llegará allá arriba al final del todo. Pero ¡qué de vueltas dará este camino! ¡Ni que fuera un sacacorchos! Bueno, al menos por esta curva parece que se va en dirección a la colina. Pero no, no es así. ¡Por aquí vuelvo directa a la casa! Bueno, probaré entonces por el otro lado.»

Y así lo hizo, andando de un lado a otro, probando por una curva y luego por otra; sin embargo, siempre terminaba frente a la casa, hiciera lo que hiciese. Incluso una vez, al doblar una esquina, con mayor celeridad que las otras, se dio contra la pared antes de que pudiera frenarse.

—De nada le servirá insistir —dijo Alicia, mirando a la casa como si esta estuviese discutiendo con ella—. Desde luego que no pienso volver allá dentro en este momento porque sé que si lo hiciera tendría que cruzar el espejo... Regresar de nuevo al cuarto y... ¡ahí se terminarían mis aventuras!

De forma que, con la mayor precisión, Alicia volvió la espalda a la casa e intentó de nuevo alejarse por el camino, decidida a continuar en esa dirección hasta llegar a la colina.

Durante algunos minutos todo parecía estar saliéndole bien y estaba precisamente diciéndose «esta vez sí que lo logro» cuando el sendero torció repentinamente, con una sacudida, como lo describió Alicia más tarde, y al instante se encontró otra vez andando directa hacia la puerta.

—Pero ¡qué lata! —exclamó—. ¡Nunca he visto en toda mi vida una casa que estuviese tanto en el camino de una! ¡Qué fastidio!

Y, sin embargo, ahí estaba la colina, a plena vista de Alicia. De forma que no le cabía otra cosa que comenzar de nuevo. Esta vez, el sendero la llevó hacia un gran macizo de flores, bordeado de margaritas, con un guayabo plantado en medio.

—¡Oh, lirio irisado! —dijo Alicia, dirigiéndose hacia una flor de esa especie que se mecía suavemente con la brisa—. ¡Cómo me encantaría que pudieses hablar!

—¡Pues claro que podemos hablar! —dijo el lirio—. Pero únicamente lo hacemos cuando hay alguien con quien valga la pena hacerlo.

Alicia se quedó tan sorprendida que no pudo decir ni mu durante algún rato. El asombro la dejó sin palabras. Finalmente, y como el lirio solo continuaba meciéndose dulcemente, se decidió a decirle con una voz muy tímida, casi un susurro:

—¿Y pueden hablar también las demás flores?

—Tan bien como tú —contestó el iris—. Y desde luego bastante más alto que tú.

—Por cortesía no nos toca a nosotras hablar primero, ¿no es cierto? —dijo la rosa—. Pero ya me estaba yo preguntando cuándo ibas a hablar de una vez, pues me decía: «Por la cara que tiene, a esta chica no debe faltarle el juicio, aunque tampoco parezca muy inteligente». De todas maneras, tú tienes el color adecuado y eso es, después de todo, lo más importante.

—A mí me trae sin cuidado el color que tenga —replicó el lirio—. Lo que es una lástima es que no tenga los pétalos un poco más ondulados, puesto que estaría mucho mejor.

A Alicia no le estaba gustando tanta crítica, de forma que se puso a preguntarles cosas:

—¿A vosotras no os asusta estar plantadas aquí solas sin nadie que os cuide?

—Para eso el árbol está ahí en medio —señaló la rosa—. ¿De qué serviría si no?

—Pero ¿qué podría hacer en un momento de peligro? —continuó preguntando Alicia.

—Podría ladrar —contestó la rosa.

—¡Ladra! ¡Guau, guau! —gritó una margarita—. Por eso lo llaman «guayabo».

—¡¿No sabías eso?! —exclamó otra margarita.

Y empezaron a vociferar todas a la vez, armándose un escándalo ensordecedor de vocecitas agudas.

—¡A callar todas vosotras! —les gritó el lirio irisado, dando cabezadas con pasión de un lado para otro y temblando de vehemencia—. ¡Saben que no puedo alcanzarlas! ¡Que si no ya verían lo que es bueno! —bufó muy excitado, inclinado su cabeza hacia Alicia.

—No te preocupes —le dijo Alicia conciliando y tranquilizándolo. E inclinándose sobre las margaritas, que estaban precisamente empezando otra vez a gritar, les susurró—: Si no os calláis de una vez, ¡os arranco a todas!

En un momento se hizo el silencio y algunas de las margaritas rosadas se pusieron lívidas.

—¡Así me gusta! —aprobó el lirio—. ¡Esas margaritas son las peores! ¡Cuando uno se pone a hablar, empiezan todas a chillar a la vez de una manera que es como para marchitarse!

—¿Y cómo es que podéis hablar todas de forma tan bella? —preguntó Alicia, esperando poner al lirio de buen humor con el halago—. He estado en muchos jardines antes de este, pero en ninguno en el que las flores pudiesen hablar.

—Coloca la palma de la mano sobre el lecho de tierra de nuestro macizo —le ordenó el lirio— y entonces entenderás por qué.

Así lo hizo Alicia.

—Está muy dura la tierra de este lecho —dijo—, pero todavía así no veo qué tiene que ver eso.

—En la mayor parte de los jardines —explicó el lirio—, los lechos de tierra son tan mullidos que las flores se amodorran.

Eso le pareció a Alicia una razón excelente y se quedó muy satisfecha de conocerla.

—¡Nunca lo habría pensado! —exclamó admirada.

—En mi opinión, tú nunca has pensado en nada —sentenció la rosa con algo de severidad.

—Nunca vi a nadie que tuviera una apariencia tan estúpida —dijo una violeta de una manera tan repentina que

Alicia dio un respingo, puesto que hasta ese momento no había dicho ni una palabra.

—¡A callar! —le gritó el lirio irisado—. ¡Como si tú vieras alguna vez a alguien! Con la cabeza siempre tan escondida entre las hojas. ¡Estás siempre roncando y te enteras de lo que pasa en el mundo menos que un capullo!

—¿Por casualidad hay alguna otra persona como yo en el jardín? —preguntó Alicia, optando por no darse por enterada del comentario de la rosa.

—Pues hay otra flor que se mueve como tú por el jardín —le contestó esta—. Me pregunto cómo os la arregláis.

—Siempre te estás preguntando algo —dijo el lirio irisado.

Continuó la violeta:

—Pero tiene una corola más tupida que la tuya.

—¿Se parece a mí? —preguntó Alicia con mucha viveza, puesto que le pasaba por la mente la idea de que quizá hubiera otra niña como ella en aquel jardín.

—Bueno, la otra tiene un cuerpo tan mal hecho como el tuyo —explicó la rosa—. Pero es más encarnada... Y con pétalos algo más cortos, creo...

—Los tiene bien recogidos, como los de una dalia —añadió el lirio irisado—. No caen tan desordenadamente como los tuyos.

—Pero ya sabemos que no es por tu culpa —dijo con generosidad la rosa—. Ya vemos que te estás comenzando a ajar y, cuando eso pasa, ya se sabe, no se puede evitar que se le desordenen a una un poco los pétalos.

A Alicia no le gustaba nada esa idea, de modo que para cambiar el tema de la conversación continuó preguntando:

—¿Y viene alguna vez por aquí?

—Estoy segura de que la verás dentro de poco —le aseguró la rosa—. Es de esa clase que lleva nueve puntas, ya sabes.

—Y ¿dónde las lleva? —preguntó Alicia con curiosidad.

—Pues alrededor de la cabeza, naturalmente —replicó la rosa—. Precisamente, me estaba preguntando por qué será que no tienes tú algunas también. Creía que así es como debía ser por norma general.

—¡Ahí viene! —gritó una espuela de caballero—. Oigo sus pasos, pum, pum, avanzando por la gravilla del camino.

Alicia observó ansiosamente a su alrededor y se dio cuenta de que era la Reina roja.

—¡Pues sí que ha crecido! —fue su primera observación. Pues, en efecto, cuando Alicia la vio por primera vez entre las cenizas de la chimenea no tendría más de tres pulgadas de altura... Y ahora, ¡hétela aquí con media cabeza más que la misma Alicia!

—Eso se lo debe al aire fresco —explicó la rosa—. A este aire maravilloso que tenemos aquí fuera.

—Creo que iré a su encuentro —dijo Alicia, ya que, aunque las flores tenían ciertamente su interés, le pareció que le iría mucho mejor dialogar con una auténtica reina.

—Así no lo lograrás nunca —le señaló la rosa—. Si me lo preguntaras a mí, te diría que intentases andar en dirección contraria.

A Alicia esto le pareció una verdadera tontería, de manera que sin dignarse a contestar nada se encaminó al instante hacia la Reina. No bien lo hubo hecho y, con gran asombro por su parte, la perdió de vista inmediatamente y se encontró andando nuevamente en dirección a la puerta de la casa.

Irritada, deshizo el camino recorrido, después, buscó a la Reina por todas partes y acabó vislumbrándola a buena distancia de ella. Alicia pensó que esta vez intentaría seguir el consejo de la rosa, caminando en dirección contraria.

Esto le dio un resultado excelente, pues apenas hubo intentado alejarse durante cosa de un minuto, se encontró cara a cara con la Reina roja y además a plena vista de la colina que tanto había deseado alcanzar.

—¿De dónde vienes? —le preguntó la Reina—. Y ¿adónde vas? Mírame a los ojos, habla con mesura y no te pongas a juguetear con los dedos.

Alicia observó estas tres advertencias y explicó lo mejor que pudo que había perdido su camino.

—No entiendo qué puedes pretender con eso de tu camino —contestó la Reina—, ya que todos los caminos de por aquí me pertenecen a mí... Pero, en todo caso —añadió con tono más amable—, ¿qué es lo que te ha traído aquí? Y haz el favor de hacerme una reverencia mientras piensas lo que vas a contestar: así ganas tiempo para pensar.

Alicia se quedó algo intrigada por esto último, pero la Reina la tenía demasiado impresionada como para atreverse a poner objeciones a lo que decía.

«Probaré ese sistema cuando vuelva a casa —pensó—. A ver qué resultado me da la próxima vez que llegue tarde a cenar.»

—Es hora de que contestes a mi pregunta —afirmó la Reina roja mirando su reloj—. Abre bien la boca cuando hables y dirígete a mí diciendo siempre «Su Majestad».

—Únicamente quería ver cómo era este jardín, así plazca a Su Majestad...

—¡Así me gusta! —dijo la Reina dándole unas palmaditas en la cabeza, que a Alicia no le gustaron nada—. Aunque cuando te oigo llamar a esto «jardín»... ¡He visto jardines a cuyo lado esto no parecería más que un descampado!

Alicia no se atrevió a discutir esta observación, sino que siguió explicando:

—... y pensé que valdría la pena subir por este sendero, para llegar a la cumbre de aquella colina...

—Cuando te oigo llamar «colina» a aquello... ¡Podría enseñarte montes a cuyo lado esa solo parecería un valle!

—Eso sí que no lo creo —dijo Alicia, sorprendida de verse nada menos que contradiciendo a la Reina—. Una colina no puede ser un valle, ya sabe, por muy pequeña que sea; eso sería un disparate...

La Reina roja negó con la cabeza:

—Puedes considerarlo un disparate, si quieres —dijo—. ¡Pero yo te digo que he oído disparates a cuyo lado este tendría más sentido que todo un diccionario!

Alicia le hizo otra reverencia, puesto que el tono con que había dicho esto le hizo temer que estuviese un poquito ofendida. Y de este modo caminaron en silencio hasta que llegaron a la cumbre del pequeño monte.

Durante algunos minutos, Alicia permaneció allí en absoluto silencio, mirando el campo en todas direcciones...

¡Y qué campo más raro era aquel! Una serie de diminutos regueros lo surcaban en línea recta de lado a lado y las franjas de terreno que quedaban entre ellos estaban divididas a cuadros por unos pequeños setos vivos que iban de orilla a orilla.

—¡Se diría que está todo dispuesto como si fuera un enorme tablero de ajedrez —dijo Alicia finalmente—. Debiera de haber algunos hombres moviéndose por algún lado... Y ¡ahí están! —añadió radiante.

El corazón comenzó a latirle con fuerza a medida que iba dándose cuenta de todo.

—¡Están jugando una gran partida de ajedrez! ¡El mundo entero en un tablero! Bueno, siempre que estemos realmente en el mundo, por supuesto. ¡Qué divertido es todo esto! ¡Me encantaría estar jugando yo también! ¡No me importaría ser un peón con tal de que me dejaran jugar...! Aunque, claro está, que preferiría ser una reina.

Al decir esto, miró con cierta timidez a la verdadera Reina, pero su compañera solo sonrió amablemente y dijo:

—Pues eso es fácil de solucionar. Si quieres, puedes ser el peón de la Reina blanca, porque su pequeña, Lirio, es demasiado niña para jugar. Ya sabes que has de comenzar a jugar desde la segunda casilla; cuando llegues a la octava te convertirás en una Reina...

Sin embargo, precisamente en ese instante, sin saber muy bien cómo, empezaron a correr desaladas. Alicia nunca pudo explicarse, pensándolo luego, cómo fue que comenzó aquella carrera; todo lo que recordaba era que corrían cogidas de la mano y que la Reina corría tan rápidamente que eso era lo único que podía hacer Alicia para no separarse de ella; incluso así la Reina no hacía más que jalearla gritándole: «¡Más rápido, más rápido!» .Y aunque Alicia sentía que simplemente no podía correr más rápidamente, le faltaba el aliento para comunicárselo.

Lo más curioso de todo es que los árboles y otros objetos que estaban alrededor de ellas nunca cambiaban de lugar, por más rápido que corrieran nunca lograban pasar un solo objeto.

«¿Será que todas las cosas se mueven con nosotras?», se preguntó Alicia desconcertada.

Y la Reina pareció leerle el pensamiento, puesto que le gritó:

—¡Más rápido! ¡No intentes hablar!

Y no es que Alicia estuviese como para intentarlo, sentía como si no fuera a poder hablar nunca jamás en toda su vida, se sentía sin aliento. Y todavía así la Reina continuaba jaleándola:

—¡Más! ¡Más rápido! —y la tiraba en volandas.

—¿Estamos llegando ya? —se las apañó al fin Alicia para preguntar.

—¿Llegando ya? —repitió la Reina—. ¡Si ya lo hemos dejado atrás hace más de diez minutos! ¡Más rápido! —y continuaron corriendo durante un rato más, en silencio y a

toda velocidad, de tal manera que el aire le silbaba a Alicia en los oídos y parecía querer arrancarle todos los pelos de la cabeza, o eso es lo que le pareció a ella.

—¡Ahora, ahora! —gritó la Reina—. ¡Más rápido, más rápido!

Y fueron tan veloz que al final parecía como si estuviesen deslizándose por el aire, sin casi tocar el suelo con los pies; hasta que, de pronto, cuando Alicia ya creía que no iba a poder más, pararon y se encontró sentada en el suelo, aturdida y casi sin aliento.

La Reina la apoyó sobre el tronco de un árbol y le dijo afablemente:

—Ahora puedes descansar un poco.

Alicia miró a su alrededor con gran sorpresa.

—Pero ¿cómo? ¡Si parece que hemos estado debajo de este árbol todo el tiempo! ¡Todo está exactamente igual que antes!

—¡Pues claro que sí! —afirmó la Reina—. Y ¿cómo si no?

—Bueno, es que en mi país —aclaró Alicia, bufando todavía bastante— cuando se corre tan rápido como lo hemos estado haciendo y durante tanto tiempo, se suele llegar a alguna otra parte...

—¡Un país bastante lento! —replicó la Reina—. Lo que es aquí, como puedes ver, hace falta correr todo cuanto una pueda para permanecer en el mismo lugar. Si se quiere llegar a otra parte hay que correr como mínimo dos veces más rápido.

—No, gracias. No me gustaría probarlo —rogó Alicia—. Estoy muy a gusto aquí... Solo que estoy muy acalorada y tengo tanta sed...

—¡Ya sé lo que tú necesitas! —afirmó la Reina de buen grado, sacándose una cajita del bolsillo—. ¿Te apetece una galleta?

A Alicia le pareció que no sería de buena educación decir que no, aunque en absoluto era lo que hubiese querido en aquel momento. Así que aceptó el ofrecimiento y se comió la galleta tan bien como pudo. ¡Qué seca estaba! ¡No creía haber estado tan a punto de ahogarse en todos los días de su vida!

—Bueno, mientras te refrescas —prosiguió la Reina—, me dedicaré a señalar algunas distancias.

Y sacando una cinta de medir del bolsillo empezó a jalonar el terreno, colocando unos taquitos de madera, a modo de marcas, por aquí y por allá.

—Cuando haya avanzado dos metros —dijo, colocando un piquete para marcar esa distancia—, te daré las pautas que deberás seguir... ¿Quieres otra galleta?

—¡Ay, no, gracias! —contestó Alicia—. Con una tengo más que suficiente.

—Se te ha quitado la sed, entonces, ¿eh? —preguntó la Reina.

Alicia no supo qué contestar a esto, pero afortunadamente no parecía que la Reina esperase una respuesta, pues continuó explicándose:

—Cuando haya avanzado tres metros, te las repetiré, no vaya a ser que se te olviden. Cuando llegue al cuarto, te diré «adiós». Y cuando haya pasado el quinto, ¡me marcharé!

Para entonces la Reina tenía ya colocados todos los piquetes en su sitio. Alicia siguió con mucho interés cómo volvía al árbol y comenzaba a andar cuidadosamente por la hilera marcada.

Al llegar al piquete que marcaba los dos metros se giró y dijo:

—Un peón puede avanzar dos casillas en su primer movimiento, lo sabes. De manera que irás muy de prisa a través de la tercera casilla... Supongo que lo harás en tren... Y te encontrarás en la cuarta en muy poco tiempo. Bueno, esa casilla es de Tweedledum y Tweedledee... En la quinta casilla casi no hay más que agua... La sexta pertenece a Humpty Dumpty... Pero ¿no dices nada?

—Yo... Yo no sabía que tuviese que decir nada... Por el momento... —vaciló intimidada Alicia.

—Pues debías haber dicho —refunfuñó la Reina con tono muy severo—. «Pero ¡qué amable es usted en decirme todas estas indicaciones!» Bueno, supondremos que lo has dicho... La séptima casilla es toda ella un bosque... Pero uno de los caballos te indicará el camino... y en la octava, ¡seremos reinas todas juntas y todo serán fiestas y ferias!

Alicia se puso en pie, hizo una reverencia y volvió a sentarse de nuevo. Al llegar al siguiente piquete, la Reina se giró de nuevo y esta vez le dijo:

—Habla en francés cuando no te acuerdes de alguna palabra en castellano... Acuérdate bien de andar con las puntas de los pies hacia afuera... ¡Y no te olvides nunca de quién eres!

Esta vez no esperó a que Alicia le hiciera otra reverencia, sino que caminó liviana hacia el próximo piquete, donde se volvió un momento para decirle «adiós» y se aceleró a continuar hacia el último. Alicia nunca supo cómo ocurrió, pero la cosa es que precisamente cuando la Reina llegó al último piquete, desapareció.

«Vaya que sí puede correr», pensó Alicia.

Sea porque se había desvanecido en el aire, sea porque había corrido velozmente dentro del bosque, no había manera de adivinarlo; pero el hecho es que había desaparecido y Alicia se acordó de que ahora era un peón y que pronto le llegaría el momento de avanzar.

III

Insectos del espejo

Naturalmente, lo primero que tenía que hacer era conseguir una visión panorámica del país por el que iba a viajar.

«Esto va a ser muy parecido a estar aprendiendo geografía —pensó Alicia mientras se ponía de puntillas, por si lograba ver algo más lejos—. Ríos principales... no hay ninguno. Montañas principales... yo soy la única, pero no creo que tenga un nombre. Principales poblaciones..., pero

¿qué pueden ser esos bichos que están haciendo miel allí abajo? No pueden ser abejas... porque nadie ha oído decir que se pueda ver una abeja a una milla de distancia...»

Y así estuvo durante algún tiempo, observando silenciosamente a uno de ellos que se afanaba entre las flores, introduciendo su trompa en ellas.

«Como si fuera una abeja común y corriente», pensó Alicia.

No obstante, aquello era todo menos una abeja común y corriente. En realidad, era un elefante... Así lo pudo confirmar Alicia muy pronto, quedándose sorprendida del asombro. «¡Y qué enorme tamaño el de esas flores! —fue lo próximo que se le ocurrió—. Deben de ser algo así como cabañas sin techo, ubicadas sobre un tallo... ¡Y qué cantidades de miel que tendrán dentro! Creo que voy a bajar allá y... Pero no, tampoco hace falta que vaya ahora mismo... —continuó, reteniéndose justo a tiempo para no empezar a correr cuesta abajo, buscando una excusa para argumentar sus repentino miedos—. No sería prudente aparecer así entre esas bestias sin una buena rama para ahuyentarlas... ¡Y lo que me voy a reír cuando me pregunten que si me gustó el paseo y les conteste: "Ay, sí, lo pasé muy bien... —y aquí hizo ese gesto favorito que siempre hacía con la cabeza—. Solo que había tanto polvo y hacía tanto calor... ¡y los elefantes se pusieron tan pesados!". Será mejor que baje por el otro lado —se dijo después de pensarlo un momento—, que ya tendré tiempo de visitar a los elefantes más tarde. Además, ¡tengo tantas ganas de llegar a la tercera casilla!»

Así que con este argumento corrió cuesta abajo y cruzó de un salto el primero de los seis arroyos.

—¡Billetes, por favor! —pidió el inspector, asomando la cabeza por la ventanilla. En seguida todo el mundo los estaba mostrando. Tenían más o menos el mismo tamaño que las personas y desde luego parecían ocupar todo el espacio dentro del vagón.

—¡Vamos, niña! ¡Muéstrame tu billete! —insistió el inspector mirando enfadado a Alicia.

Y muchas otras voces dijeron todas a una, «como si fuera el estribillo de una canción», como pensó Alicia:

—¡Eh, niña! ¡No le hagas esperar, que su tiempo vale mil libras por minuto!

—Siento decirle que no llevo billete —se excusó Alicia con la voz alterada por el miedo—: No había ninguna oficina de billetes en el sitio de donde vengo.

Y otra vez se reanudó el coro de voces:

—No había sitio para una oficina de billetes en el sitio de donde viene. ¡La tierra allá vale mil libras la pulgada!

—¡No me vengas con esas excusas! —dijo el inspector—. Deberías haber comprado un billete al conductor.

Y, de nuevo, el coro de voces reanudó su cantilena:

—El conductor de la locomotora, ¡como que solo el humo que echa vale mil libras la bocanada!

Alicia se dijo a sí misma: «Pues en ese caso no vale la pena decir nada».

Esta vez las voces no corearon nada, ya que no había hablado, pero para la gran sorpresa de Alicia lo que sí hicieron fue pensar a coro. Espero que entendáis lo que eso quiere decir... pues he de confesar que lo que es yo, no lo sé. «Tanto mejor no decir nada. ¡Que el idioma está ya a mil libras la palabra!»

«A este paso, ¡estoy segura de que voy a estar soñando toda la noche con esas dichosas mil libras! ¡Vaya si lo sé!», pensó Alicia.

El inspector la había estado observando todo este tiempo, primero a través de un telescopio, después por un microscopio y por último con unos gemelos de teatro. Para finalizar, le dijo:

—Estás viajando en dirección opuesta —y se fue, cerrando sin más la ventanilla.

—Una niña tan pequeña —sentenció un caballero que estaba sentado enfrente de Alicia y que iba todo él vestido de papel blanco—, debería saber la dirección que lleva, ¡aunque no sepa su propio nombre!

Una cabra que estaba sentada al lado del caballero de blanco, cerró los ojos y dictaminó con voz rimbombante:

—Debería conocer el camino a la oficina de billetes, ¡aunque no sepa su abecé!

Aquel vagón iba desde luego ocupado por unos pasajeros muy extraños, ya que sentado al lado de la cabra iba un escarabajo y, como parecía que la norma era la de que hablasen todos por turnos, ahora a este le tocó continuar diciendo:

—¡Tendrá que volver de aquí facturada como equipaje!

Alicia no podía ver quién estaba sentado más allá del escarabajo, pero sí pudo oír cómo una voz ronca decía también algo:

—¡Cambio de máquina...! —fue todo lo que pudo decir porque se le cortó la voz.

«Por la manera que tiene de hablar no sé si decir que es un caballo bronco o un gallo», pensó Alicia.

Y una vocecita extremadamente ligera le dijo, muy cerca, al oído:

—Si quisieras, podrías hacer un chiste con eso. Algo así como: «Al caballo le ha salido un gallo».

Entonces, otra voz muy suave dijo en la lejanía:

—Ya sabéis, habrá que ponerle una etiqueta que diga: «Frágil, niña dentro. Con cuidado»

«¡Cuánta gente parece haber en este vagón!», pensó Alicia, después, otras voces también intervinieron diciendo:

—Habrá que remitirla por correo, puesto que lleva un traje estampado... Habrá que mandarla por telégrafo... que arrastre ella misma el tren en lo que queda de camino... —y así hasta la saciedad.

Pero el caballero empapelado de blanco se inclinó hacia ella y le murmuró al oído:

—No hagas caso de lo que están diciendo, querida. Te bastará con sacar un billete de retorno cada vez que el tren se detenga.

—¡Eso sí que no! —contestó Alicia con bastante impaciencia—. Nunca tuve la menor intención de hacer este viaje por tren... Hasta hace solo un momento estaba tan tranquila en un bosque... Y ahora ¡cómo me encantaría poder volver allí de nuevo!

—Podrías hacer un chiste con eso —volvió a insinuar esa vocecita que parecía tener tan cerca—; algo así como: «Pudiera si gustase o gustaría si pudiese», ya sabes.

—¡Deja ya de fastidiar! —dijo Alicia, mirando alrededor para ver de dónde provenía la vocecita—. Si tienes tantas ganas de que haga un chiste, ¡por qué no lo haces tú misma!

La pequeña vocecita emitió un hondo suspiro. Estaba muy disgustada, evidentemente, y a Alicia le hubiera gustado decirle algo amable para consolarla. «Si solo suspirara como todo el mundo», pensó. Pero no, aquel había sido un suspiro tan maravillosamente imperceptible que no lo hubiera oído nunca si no estuviera tan cerca de su oído. Lo que tuvo el resultado de hacerle muchas cosquillas y esto fue lo que la distrajo de pensar en el enojo de la pobre y diminuta criatura.

—Yo ya sé que eres una persona amiga —continuó diciendo la vocecita—. Una buena amiga mía y de hace mucho tiempo, además. Por eso sé que no me harás mal, aunque sea un insecto.

—¿Qué clase de insecto? —preguntó Alicia con cierto nerviosismo.

En realidad, lo que le preocupaba era si podía o no darle un pinchazo, solo que le pareció que no sería de muy buena educación preguntárselo tan directamente.

—¡Cómo! ¿Entonces es que a ti no... —comenzó a decir la vocecita.

Sin embargo, cualquiera que fuese su explicación, quedó ahogada por un fuerte silbato de la locomotora; todo el mundo saltó alarmado de sus asientos y Alicia también con los demás.

El caballo, que había asomado la cabeza por la ventanilla, la volvió a meter tranquilamente y dijo:

—No es más que un arroyo que tenemos que saltar.

Todo el mundo pareció quedar tranquilo con esta explicación, pero a Alicia no la convenció aquella idea de que el tren se pusiese a dar saltos.

«Aunque si así llegamos a la cuarta casilla ¡creo que valdría la pena probarlo!», concluyó para sus adentros.

Al instante siguiente notó cómo el vagón se elevaba por los aires y con el susto que esto le dio se cogió a lo que tuvo más cerca y dio la casualidad de que esto fue la barba de la cabra.

Pero la barba pareció disolverse en el aire al tocarla y Alicia se encontró sentada tranquilamente bajo un árbol;

mientras el mosquito, puesto que no era otra cosa el insecto con el que había estado hablando, se balanceaba sobre una rama encima de su cabeza y la abanicaba con sus alas.

Verdaderamente se trataba de un mosquito bien grande.

«Tendrá el tamaño de una gallina», pensó Alicia.

De todas maneras, no se iba a poner inquieta ahora, después de que había estado charlando con él durante tanto rato como si nada.

—¿Entonces, a ti no te gustan todos los insectos? —continuó su pregunta el mosquito, como si no hubiera sucedido nada.

—Me gustan cuando pueden hablar —contestó Alicia—. En el lugar de donde yo vengo no hay ninguno que hable.

—¿Cuáles son los insectos que te gustan en el país de donde vienes? —le preguntó el mosquito.

—A mí no me encanta ningún insecto —explicó Alicia—, porque me dan un poco de miedo... Al menos los grandes. Pero, en cambio, puedo decirte los nombres de algunos.

—Por supuesto que responderán por sus nombres —observó descuidadamente el mosquito.

—Nunca me lo ha parecido.

—Entonces, ¿de qué sirve que tengan nombres, si no responden cuando los llaman?

—A ellos no les sirve de nada —explicó Alicia—, pero sí les es útil a las personas que les dan los nombres, supongo. Si no ¿por qué tienen nombres las cosas?

—¡Vaya uno a saber! —replicó el mosquito—. Es más, te diré que en ese bosque, allá abajo, las cosas no tienen nombre. No obstante, adelante con esa lista de insectos, que estamos perdiendo el tiempo.

—Bueno, pues primero están los tábanos, que están siempre molestando a los caballos —prosiguió Alicia, llevando la cuenta con los dedos.

—¡Vale! —le interrumpió el mosquito—. Pues allí, incorporado en medio de ese arbusto, verás a un tábano-de-caballitos-de-madera. También él está todo hecho de madera y se mueve por ahí balanceándose de rama en rama.

—¿De qué vive? —preguntó Alicia, con gran curiosidad.

—Pues de savia y serrín —contestó el mosquito—. ¡Sigue con esa lista!

Alicia contempló al tábano-de-caballitos-de-madera con gran atención y decidió que seguramente lo acababan de repintar porque tenía un aspecto muy brillante y pegajoso. Entonces continuó:

—Después, está la luciérnaga.

—Mira ahí, sobre esa rama encima de tu cabeza —señaló el mosquito—, y verás una hermosa luciérnaga de postre. Su cuerpo está hecho de budín de pasas, sus alas de hojas de acebo y su cabeza es una gran pasa flameada al coñac.

—¿Y de qué vive? —preguntó Alicia, igual que antes.

—Pues de turrones y mazapán —respondió el mosquito—. Y anida dentro de una caja de aguinaldos.

—Luego, tenemos a la mariposa —prosiguió Alicia, después de haber echado un buen vistazo al insecto de la llameante cabeza y de haberse preguntado: «¿Y no será por eso que a los insectos les gusta tanto volar hacia la llama de las velas...? ¿Por qué todos quieren convertirse en luciérnagas de postre?».

—Pues arrastrándose a tus pies —dijo el mosquito, y Alicia apartó los pies con cierta alarma—, podrás ver a una melindrosa meriendaposa o mariposa de meriendas. Tiene las alas hechas de finas rebanadas de pan con mantequilla, el cuerpo de hojaldre y la cabeza es toda ella un terrón de azúcar.

—Y esta, ¿de qué vive?

—De té muy clarito con crema.

A Alicia se le ocurrió una nueva dificultad:

—Y ¿qué le pasaría si no pudiera encontrarlo? —insinuó.

—Pues que se moriría, naturalmente.

—Pero eso debe sucederles muy a menudo —dijo Alicia pensativa.

—Siempre les pasa —afirmó el mosquito.

Con esto, Alicia se quedó en silencio durante un minuto o dos, considerándolo todo. Mientras tanto, el mosquito se entretenía zumbando y dando vueltas y más vueltas alrededor de su cabeza. Por fin, volvió a posarse y afirmó:

—¿Supongo que no te querrías quedar sin nombre?

—De ninguna manera —se apresuró a responder Alicia, con cierta ansiedad.

—Y, sin embargo, ¿quién sabe? —prosiguió diciendo el mosquito, como quien no le da importancia a la cosa—: ¡Imagínate lo conveniente que te sería volver a casa sin nombre! Entonces si, por ejemplo, tu niñera te quisiese llamar para que estudiaras la lección, no podría decir más que «¡Ven aquí...!», y allí se quedaría cortada, porque no tendría ningún nombre con que llamarte y, entonces, claro está, no tendrías que hacerle ningún caso.

—¡Estoy segura de que eso no daría ningún resultado! —respondió Alicia—. ¡Mi niñera nunca me perdonaría una lección únicamente por eso! Si no pudiese acordarse de mi nombre me llamaría «señorita», como hacen los sirvientes.

—Bueno, pero entonces si dice «señorita» sin decir más, tú podrías decir que habías oído «te la quita» y quedarte también sin lección. ¡Es un chiste! Me hubiese gustado que lo hubieses hecho tú.

—No sé por qué dices que te habría gustado que se me hubiera ocurrido a mí —replicó Alicia—. Es un chiste muy malo.

Pero el mosquito solo suspiró profundamente, mientras dos grandes lágrimas le surcaban las mejillas.

—No deberías hacer esos chistes si te ponen tan triste —le dijo Alicia.

Otra vez le dio al mosquito por dar uno de esos silenciosos suspiros melancólicos y esta vez sí que pareció haberse consumido de tanto suspirar, puesto que cuando Alicia miró hacia arriba no pudo ver nada sobre la rama; y como se estaba enfriando de tanto estar sentada se puso en pie y empezó a caminar.

Muy pronto llegó a un campo abierto con un bosque al fondo, parecía mucho más oscuro y espeso que el anterior y Alicia se sintió algo temerosa de penetrar en él. Pero, después de pensarlo, se sobrepuso y decidió continuar adelante.

«Porque desde luego no voy a volverme atrás», decidió mentalmente.

Además era la única manera de llegar a la octava casilla.

«Este debe de ser el bosque —se dijo preocupada— en el que las cosas carecen de nombre. Me pregunto, ¿qué le ocurrirá al mío cuando entre en él? No me gustaría perderlo en absoluto... Porque en ese caso tendrían que darme otro y estoy segura de que sería uno muy feo. Pero si así fuera, ¡lo divertido será buscar a la criatura a la que le hayan dado el mío! Sería igual que en esos anuncios de los periódicos que pone la gente que pierde a sus perros: "Responde por el nombre de 'Chispa'. Lleva un collar de bronce..." ¡Qué gracioso sería llamar a todo lo que viera "Alicia" hasta que algo o alguien respondiera! Solo que si supieran lo que es bueno se guardarían mucho de hacerlo.»

Estaba argumentando de esta manera cuando llegó al lindante del bosque, que tenía un aspecto muy fresco y sombreado.

—Bueno, al menos vale la pena —dijo mientras se adentraba bajo los árboles—, después de haber pasado tanto calor, entrar aquí en este... en este... ¿en este qué? —repetía bastante asombrada de no poder acordarse de cómo se llamaba aquello—. Quiero decir, entrar en el ... en el... bueno... vamos, ¡aquí dentro! —concluyó al fin, apoyándose con una mano sobre el tronco de un árbol—. ¿Cómo se llamará todo esto? Estoy empezando a pensar que no tenga ningún nombre... ¡Como que no se llama de ninguna manera!

Se quedó parada ahí pensando silenciosamente y continuó inesperadamente sus cavilaciones:

«Entonces, ¡la cosa ha sucedido de verdad, después de todo! Y ahora, ¿quién soy yo? ¡Vaya que si me acordaré! ¡Estoy decidida a hacerlo!»

Pero de nada le servía toda su determinación y todo lo que pudo decir, después de mucho arañarse la memoria, fue:

—L. ¡Estoy segura de que empieza por L!

En ese preciso momento se acercó un cervatillo donde estaba Alicia; se puso a mirarla con sus tiernos ojos y no parecía estar asustado en absoluto.

—¡Ven! ¡Ven aquí! —le llamó Alicia, alargando la mano e intentando acariciarlo; pero el cervatillo se espantó un poco y apartándose unos pasos se la quedó mirando.

—¿Cómo te llamas tú? —le dijo finalmente.

¡Qué voz más dulce que tenía!

«¡Cómo me gustaría saberlo!», pensó la pobre Alicia; pero tuvo que confesar, algo con tristeza:

—Por ahora, no me llamo nada.

—¡Piensa de nuevo! —insistió el cervatillo, porque así no vale.

Alicia pensó, pero no se le ocurría nada.

—Por favor, ¿me querrías decir cómo te llamas tú? —suplicó tímidamente—. Creo que eso me ayudaría un poco a recordar.

—Te lo diré si vienes conmigo un poco más allá —le respondió el cervatillo—. Porque aquí no me puedo acordar.

Así que caminaron juntos por el bosque, Alicia abrazada tiernamente al cuello suave del cervatillo, hasta que llegaron a otro campo abierto. Sin embargo, justo al salir del bosque, el cervatillo dio un salto por el aire y se sacudió del brazo de Alicia.

—¡Soy un cervatillo! —gritó alegremente—. Y tú... ¡Ay de mí! ¡Si eres una criatura humana!

Una expresión de temor le nubló los hermosos ojos marrones y al instante salió de estampida.

Alicia se quedó mirando por donde huía, casi a punto de empezar a llorar. Tenía un gran pesar por haber perdido tan repentinamente a un compañero de viaje tan amoroso.

—En todo caso —dijo—, al menos ya me acuerdo de cómo me llamo, y eso me consuela un poco: Alicia... Alicia... y ya no he de olvidarlo. Y, ahora, vamos a ver cuál de esos postes indicadores debo seguir, ¿por dónde deberé ir?

No era una cuestión demasiado compleja de resolver, puesto que solo había un camino por el bosque y los dos postes señalaban, con los índices de sus dos manos indicadoras, en la misma dirección.

«Lo decidiré —se dijo Alicia— cuando el camino se bifurque y señalen en direcciones contrarias.»

Pero aquello no tenía trazas de ocurrir. Prosiguió adelante, andando y andando, durante un buen trecho y, sin embargo, cada vez que el camino se bifurcaba, siempre se encontraba con los mismos indicadores, los índices de sus respectivas manos apuntando en la misma dirección.

Uno decía: «A CASA DE TWEEDLEDUM».

Y el otro: «A CASA DE TWEEDLEDEE».

Finalmente, Alicia dijo:

—Estoy empezando a creer... ¡que viven en la misma casa! ¿Cómo no se me ha ocurrido antes? Pero no tengo tiempo para entretenerme; me pasaré por allí un momento, el tiempo justo de saludarles y de suplicarles que me indiquen el camino para salir del bosque. ¡Si solo pudiera llegar a la octava casilla antes de que anochezca!

Y de esta forma, continuó hablando consigo misma, hasta que al doblar un fuerte recodo del camino, se topó con dos hombrecillos regordetes, pero tan de repente que no pudo reprimir un respingo de asombro. Sin embargo, se recobró al instante, segura de que ambos personajes no podían ser más que...

IV

Tweedledum y Tweedledee

Ambos estaban parados bajo un árbol, con el brazo por encima del cuello del otro, y Alicia pudo percatarse inmediatamente de cuál era quién porque uno de ellos llevaba bordado sobre el cuello «DUM» y el otro «DEE».

«Supongo que ambos llevarán bordado "TWEEDLE" por la parte de atrás», se dijo Alicia.

Estaban ahí tan quietos que Alicia se olvidó de que estuviesen vivos y ya iba a darles la vuelta para ver si llevaban las letras «TWEEDLE» bordadas por la parte de atrás del cuello, cuando se asustó al oír una voz que provenía del marcado «DUM».

—Si crees que somos unas figuras de cera —dijo— deberías pagar la entrada, ya lo sabes. Las figuras de cera no están ahí por nada. ¡De ninguna manera!

—¡Por el contrario! —intervino el marcado «DEE»—. Si crees que estamos vivos, ¡deberías hablarnos!

—Os aseguro que estoy muy apenada —fue todo lo que pudo decir Alicia, pues la letra de una vieja canción se le insinuaba en la mente con la insistencia del tic-tac de un reloj, de tal manera que no pudo evitar el repetirla en voz alta.

ALICIA A TRAVÉS DEL ESPEJO

Tweedledum y Tweedledee
decidieron batirse en duelo;
pues Tweedledum dijo que Tweedledee
le había estropeado
su bonito sonajero nuevo.

Bajó entonces volando
un monstruoso cuervo, más negro
que todo un barril de alquitrán;
¡y tanto se asustaron nuestros héroes
que se olvidaron de todos sus duelos!

—Ya sé lo que estás pensando —dijo Tweedledum—; pero no es como tú crees. ¡De ninguna forma!

—¡Por el contrario! —continuó Tweedledee—. Si hubiese sido así, entonces lo sería; y siéndolo, quizá lo fuera; pero como no fue así tampoco lo es asá. ¡Es lógico!

—Estaba pensando —dijo Alicia muy cortésmente— en cuál sería la mejor manera de salir de este bosque, ya que se está poniendo muy oscuro. ¿Querríais vosotros indicarme cuál es el camino?

Pero los dos regordetes tan solo se miraron, sonriendo pícaros. Tanto se parecían a dos colegiales grandullones que Alicia se encontró de golpe señalando con el dedo a Tweedledum y llamándole:

—¡Alumno número uno!

—¡De ninguna manera! —se apresuró a gritar Tweedledum cerrando la boca después con la misma brusquedad.

—¡Alumno número dos! —continuó Alicia, señalando esta vez a Tweedledee, segura de que iba a responderle en seguida gritando: «¡Por el contrario!», como en efecto ocurrió.

—¡Lo has empezado todo muy mal! —exclamó Tweedledum—. Lo primero que se hace en una visita es saludarse con un «hola, ¿que tal?» y después ¡un buen apretón de manos!

Después de esto, los dos hermanos se dieron un fuerte abrazo y extendieron luego sendas manos para que Alicia se las estrechara.

Alicia no se atrevía a comenzar dándole la mano a ninguno de los dos, por miedo de herir los sentimientos del otro; de forma que, pensando salir así lo mejor que podía del mal trago, tomó ambas manos a la vez con las dos suyas. Al instante se encontraron los tres bailando en corro. Esto le pareció entonces a Alicia de lo más natural, según recordaría más tarde, e incluso no le sorprendió nada oír un poco de música; parecía que venía de algún sitio dentro del árbol bajo el cual estaban danzando y, por lo que pudo entrever, parecía que la estaban tocando sus mismas ramas, frotándose las unas contra las otras como si fueran arcos y violines.

—¡Sí que tenía gracia aquello! —solía decir Alicia cuando le contaba luego a su hermana toda esta historia—. Encontrarme de pronto cantando en corrillo «que llueva, que llueva, la vieja está en la cueva». La cosa es que no sé exactamente cuándo empecé a hacerlo, pero entonces, ¡sentía como si lo hubiese estado cantando durante mucho, mucho tiempo! Como los otros dos bailarines eran gordos, pronto se quedaron sin aliento.

—Cuatro vueltas son suficientes para esta danza —bufó con esfuerzo Tweedledum.

Y dejaron de bailar tan inesperadamente como habían comenzado. También se interrumpió la música al mismo tiempo. Ambos soltaron entonces las manos de Alicia y se la quedaron contemplando durante un minuto. Se produjo una pausa un tanto fortuita, pues Alicia no sabía cómo iniciar una conversación con unas personas con las que acababa de estar bailando.

«Este sí que no es el momento de decir "hola, ¿como estás?". Me parece que ya hemos superado esta etapa», se dijo a sí misma.

—Espero que no estéis muy cansados —dijo Alicia al fin.

—¡De ninguna manera! Pero mil gracias por tu interés —contestó Tweedledum.

—¡Muy agradecido!— añadió Tweedledeee—. ¿Te gusta la poesía?

—Pues... sí, bastante... algunos poemas —dijo Alicia sin mucha convicción.— ¿Querríais decirme qué camino he de tomar para salir del bosque?

—¿Qué te parece que lo recite?— preguntó Tweedledee girándose hacia Tweedledum con una cara muy seria y sin hacer el menor caso a la pregunta de Alicia.

—*La morsa y el carpintero*, que es lo más largo que te sabes —respondió Tweedledum, dando a su hermano un tierno abrazo.

Tweedledee comenzó en el acto:

¡Brillaba el sol...!

Pero Alicia se atrevió a interrumpirle:

—Si va a ser muy largo —dijo tan cortésmente como pudo—, ¿no querríais decirme primero por qué camino...?

Tweedledee sonrió afablemente y comenzó de nuevo:

¡Brillaba el sol sobre la mar!
Con el fulgor implacable de sus rayos
se esforzaba, denodado, por aplanar
y alisar las henchidas ondas;
y, sin embargo, aquello era bien extraño,
pues era ya más de media noche.
La luna rielaba con desgana
pues pensaba que el sol
no tenía por qué estar ahí

después de acabar el día...
¡Qué grosero! —decía con un mohín—
¡Venir ahora a fastidiarlo todo!

La mar no podía estar más mojada
ni más secas las arenas de la playa;
no se veía ni una nube en el firmamento
porque, de hecho, no había ninguna;
tampoco surcaba el cielo un solo pájaro
pues, en efecto, no quedaba ninguno.

La morsa y el carpintero
se paseaban cogidos de la mano:
lloraban, inconsolables, de la pena
de ver tanta y tanta arena.
¡Si solo la aclararan un poco,
qué maravillosa sería la playa!

—Si siete fregonas con siete escobas
la barrieran durante medio año,
¿te parece —indagó la morsa atenta—
que lo dejarían todo bien lustrado?
—Lo dudo —confesó el carpintero
y lloró una amarga lágrima.

¡Oh ostras! ¡Venid a pasear con nosotros!
—requirió tan amable, la morsa—.
Un agradable paseo, una pausada charla
por esta playa salitrosa:

mas no vengáis más de cuatro
que más de la mano no podríamos.

Una venerable ostra le echó una mirada
pero no dijo ni una palabra.
Aquella ostra principal le guiñó un ojo
y sacudió su pesada cabeza...
Es que quería decir que prefería
no dejar tan pronto su ostracismo.

Pero otras cuatro ostrillas infantes
se adelantaron ansiosas de regalarse:

limpios los jubones y las caras bien lavadas
los zapatos pulidos y brillantes;
y esto era bien extraño
pues ya sabéis que no tenían pies.

Cuatro ostras más las siguieron
y todavía otras cuatro más;
por fin vinieron todas a una
más y más y más... brincando
por entre la espuma de la rompiente
se apresuraban a ganar la playa.

La morsa y el carpintero
caminaron una milla, más o menos,
y luego reposaron sobre una roca
de conveniente altura;
mientras, las otras las aguardaban
formando, expectantes, en fila.

—Ha llegado la hora —dijo la morsa—
de que hablemos de muchas cosas:
de barcos... lacres... y zapatos;
de reyes... y repollos...
y de por qué hierve el mar tan caliente
y de si vuelan procaces los cerdos.

—Pero ¡esperad un poco! —gritaron las ostras—.
Y antes de charla tan sabrosa
dejadnos recobrar un poco el aliento,

¡que estamos todas muy gorditas!
—¡No hay prisa! —concedió el carpintero
y mucho le agradecieron el respiro.

—Una hogaza de pan —dijo la morsa—,
es lo que principalmente necesitamos:
pimienta y vinagre, además,
tampoco nos vendrán del todo mal...
y ahora, ¡preparaos, ostras queridas!,
que vamos ya a alimentarnos.

—Pero, ¡no con nosotras! —gritaron las ostras
poniéndose un poco moradas—.
¡Que después de tanta amabilidad
eso sería cosa bien ruin!
—La noche es bella —admiró la morsa—
¿no te impresiona el paisaje?

—¡Qué amables habéis sido en venir!
¡Y qué ricas que sois todas!
Poco decía el carpintero, salvo:
—¡Córtame otra rebanada de pan!
Y ojalá no estuvieses tan sordo
que, ¡ya lo he tenido que decir dos veces!
—¡Qué pena me da —exclamó la morsa—
haberles jugado esta faena!
¡Las hemos traído tan lejos
y trotaron tanto las pobres!

Mas el carpintero no decía nada, salvo:
—¡Demasiada manteca has untado!

—¡Lloro por vosotras! —gemía la morsa.
—¡Cuánta pena me dais! —seguía lamentando
y entre lágrimas y sollozos escogía
las de tamaño más apetecible;
restañaba con generoso pañuelo
esa riada de sentidos lagrimones.

—¡Oh, ostras! —dijo al fin el carpintero.
—¡Qué buen paseo os hemos dado!,
¿os parece ahora que volvamos a casita?

Pero nadie le respondía...
y esto sí que no tenía nada de extraño,
pues se las habían zampado todas.

—De los dos, el que más me gusta es la morsa —comentó Alicia— porque al menos a esa le daban un poco de pena las pobres ostras.

—Sí, pero en cambio, comió más ostras que el carpintero —corrigió Tweedledee—. Resulta que tapándose con el pañuelo se las iba comiendo sin que el carpintero pudiera contarlas, sino ¡por el contrario!

—¡Eso sí que está mal! —gritó Alicia indignada—. En ese caso, me gusta más el carpintero... siempre que no haya comido más ostras que la morsa.

—Pero en cambio, se tragó todas las que pudo —terció Tweedledum.

El dilema la dejó muy desconcertada. Después de una pausa, Alicia concluyó:

—¡Bueno! ¡Pues ambos eran unos tipos de muy mala catadura...!

Sin embargo, al decir esto se contuvo, algo sorprendida al oír algo que sonaba como el bufido de una gran locomotora en el interior del bosque que los rodeaba, aunque lo que Alicia verdaderamente temía es que se tratase de alguna bestia feroz.

—Por casualidad, ¿hay leones o tigres por aquí cerca? —preguntó tímidamente.

—No es más que el Rey rojo que está roncando —explicó Tweedledee.

—¡Ven, vamos a verlo! —exclamaron los hermanos y tomando cada uno una mano de Alicia la llevaron a donde estaba el Rey.

—¿No te parece que está precioso? —dijo Tweedledum.

Alicia no podía afirmarlo sinceramente, ya que el Rey llevaba puesto un gran gorro de dormir con una borla en la punta y estaba enroscado, formando como una especie de bulto desordenado; roncaba tan sonoramente que Tweedledum observó:

—Como si se le fuera a volar la cabeza a cada ronquido.

—Me parece que se va a resfriar si sigue ahí tumbado sobre la hierba húmeda —dijo Alicia, que era una niña muy prudente y considerada.

—Ahora está soñando —señaló Tweedledee—. ¿Y a que no sabes lo que está soñando?

—¡Vaya uno a saber! —replicó Alicia—. ¡Eso no podría adivinarlo nadie!

—¡Anda! ¡Pues si te está soñando a ti! —exclamó Tweedledee dando palmas en aplauso de su triunfo—. Y si dejara de soñar contigo, ¿qué crees que te pasaría?

—Pues que seguiría aquí tan tranquila, por supuesto —respondió Alicia.

—¡Ya! ¡Eso es lo que tú desearías! —replicó Tweedledee con gran habilidad—. ¡No estarías en ninguna parte! ¡Tú no eres más que un algo con lo que está soñando!

—Si este Rey aquí se nos despertara —añadió Tweedledum—, tu te apagarías... ¡zas! ¡Como una vela!

—¡No es cierto! —exclamó Alicia indignada—. Además, si yo no fuera más que algo con lo que él está soñando, ¡me gustaría saber lo que sois vosotros!

—¡Eso, eso! —dijo Tweedledum.

—¡Tú lo has dicho! —exclamó Tweedledee.

Tantas voces daban que Alicia no pudo contenerse y les dijo:

—¡Callad! Que lo vais a despertar como sigáis haciendo tanto ruido.

—Eso habría que verlo; lo que es a ti de nada te serviría hablar de despertarlo —dijo Tweedledum— cuando no eres más que un objeto de su sueño. Sabes perfectamente que no tienes ninguna realidad.

—¡Que sí soy real! —insistió Alicia y comenzó a llorar.

—Por mucho que llores no te vas a hacer ni una pizca más real —afirmó Tweedledee—. Y además no hay nada de qué llorar.

—Si yo no fuera real —siguió Alicia, medio sonriendo a través de sus lágrimas, puesto que todo le parecía tan ridículo—, no podría llorar como lo estoy haciendo.

—¡Anda! Pues, ¡no supondrás que esas lágrimas son de verdad! —interrumpió Tweedledum con el mayor desprecio.

«Sé que no están diciendo más que tonterías —reflexionó Alicia para sí misma—, así que es una bobada que me ponga a llorar.»

De modo que se secó las lágrimas y continuó hablando con el tono más alegre y despreocupado que le fue posible:

—En todo caso será mejor que vaya saliendo del bosque, pues se está poniendo muy oscuro. ¿Creéis que va a llover?

Tweedledum abrió un gran paraguas y se metió debajo, con su hermano, y mirando hacia arriba contestó:

—No lo creo... Al menos, no parece que vaya a llover aquí dentro. ¡De ninguna manera!

—Pero, ¿puede que llueva aquí fuera?

—Pues... si así se le antoja... —dijo Tweedledee—. Por lo que a nosotros respecta, no hay reparo... ¡Por el contrario!

«¡Qué tipos más egoístas!», pensó Alicia. Ya estaba a punto de darles unas «buenas noches» muy secas y volverles la espalda para marcharse cuando Tweedledum saltó de donde estaba bajo el paraguas y la agarró violentamente por la muñeca.

—¡¿Ves eso?! —le preguntó con una voz ahogada por la cólera y con unos ojos que se le ponían más grandes y más amarillos por momentos, mientras señalaba con un dedo tembloroso hacia un pequeño objeto blanco que estaba bajo un árbol.

—No es más que un cascabel —dijo Alicia después de observarlo cuidadosamente—.

—¡Pero no vayas a cree que es una serpiente de cascabel! —añadió apresuradamente, pensando que a lo mejor era eso lo que le sobresaltaba tanto—. No es más que un viejo sonajero... bastante viejo y roto.

—¡Lo sabía! ¡Lo sabía! —gritó Tweedledum y comenzó a dar unas pataletas tremendas y a arrancarse el pelo a puñados—. ¡Está estropeado, por supuesto! —y al decir esto miró hacia donde estaba Tweedledee, quien inmediatamente se sentó en el suelo e intentó esconderse bajo el enorme paraguas.

Alicia cogió a Tweedledum del brazo y trató de tranquilizarlo diciéndole:

—No debes enfadarte tanto por un viejo sonajero.

—¡Es que no es viejo! —gritó Tweedledum más furioso todavía—. ¡¡Es nuevo, te digo que es nuevo!! Lo compré ayer... ¡Mi bonito sonajero nuevo! —y su tono de voz subió hasta convertirse en un auténtico alarido.

Durante todo este rato, Tweedledee había estado intentando plegar su paraguas, lo mejor que podía, consigo dentro; lo cual representaba una ejecución tan extraordinaria que logró que Alicia se distrajera y olvidara por un momento a su airado hermano. Pero no lo consiguió del todo y acabó rodando por el suelo, enrollado en el paraguas, del que solo le salía la cabeza. Y ahí quedó, abriendo y cerrando la boca, con los ojos muy abiertos...

«Se parece más a un pez que a cualquier otra cosa», pensó Alicia.

—¡Naturalmente que estarás de acuerdo en que nos batamos en duelo! —dijo Tweedledum con un tono un poco más tranquilo.

—Supongo que sí —dijo malhumorado el otro mientras salía del paraguas—. Únicamente que, ya sabes, ella tendrá que ayudarnos a vestir.

Así que los dos hermanos se adelantaron mano a mano en el bosque y volvieron de allí al minuto con los brazos cargados de toda clase de cosas... Tales como cojines, mantas, esteras, manteles, ollas, tapaderas y cubos de carbón...

—Espero que tengas buena mano para sujetar con alfileres y atar con cordeles —dijo Tweedledee— porque tenemos que ponernos todas y cada una de estas cosas de la forma que sea.

Más tarde, Alicia solía comentar que nunca había visto un alboroto mayor que el que armaron aquellos dos por tan poca cosa... Y la cantidad de objetos que hubieron de ponerse encima... Y el trabajo que le dieron haciéndole atar cordeles y sujetar botones...

«La verdad es que cuando acaben se van a parecer más a dos montones de ropa vieja que a cualquier otra cosa», se dijo Alicia mientras se esforzaba por enrollar un cojín alrededor del cuello de Tweedledee.

—Para que no puedan cortarme la cabeza. Ya sabes que es una de las cosas más malas que le pueden ocurrir a uno en un combate... que le corten a uno la cabeza —añadió Tweedledee con mucha gravedad.

Alicia rio con gusto, pero se las arregló para disimular las risas con una tos leve por miedo a herir sus sentimientos.

—¿Estoy algo pálido? —preguntó Tweedledum, acercándose para que le ciñera el yelmo.

Aunque yelmo lo llamaba él, porque parecía más bien una cacerola...

—Bueno... sí... un poco —le aseguró Alicia con amabilidad.

—La verdad es que generalmente soy una persona de mucho valor —continuó Tweedledum en voz baja—. Lo que sucede es que hoy tengo un dolor de cabeza...

—Y yo, ¡un dolor de muelas! —dijo Tweedledee que había oído el comentario—. Me encuentro mucho peor que tú.

—En ese caso, sería mucho mejor que no os pelearais hoy —les dijo Alicia, pensando que se le presentaba una buena ocasión para reconciliarlos.

—No tenemos más remedio que batirnos hoy; pero no me importaría que no fuese por mucho tiempo —dijo Tweedledum—. ¿Qué hora es?

Tweedledee consultó su reloj y respondió:

—Son las cuatro y media.

—Pues entonces, combatamos hasta las seis y luego, ¡a cenar! —planteó Tweedledum.

—Muy bien —dijo el otro, aunque algo taciturno—. Y ella que presencie el duelo... solo que no se acerque demasiado a mí —añadió— porque cuando a mí se me sube la sangre a la cabeza... ¡Vamos, que le doy a todo lo que veo!

—¡Y yo le doy a todo lo que se pone a mi alcance, lo vea o no lo vea! ——gritó Tweedledee.

—Pues si es así —rio Alicia— apuesto que habréis estado dándole a todos estos árboles con mucha frecuencia.

Tweedledum observó a su alrededor con gran satisfacción.

—Supongo —se jactó— que cuando hayamos terminado, ¡no quedará ni un solo árbol sano alrededor!

—¡Y todo por un sonajero! —exclamó Alicia que todavía tenía esperanzas de que se avergonzaran un poco de pelearse por una cosa tan nimia.

—No me habría importado tanto —se excusó Tweedledee— si no hubiera sido uno nuevo.

«¡Cómo me gustaría que apareciera ahora el cuervo monstruoso», pensó Alicia.

—No tenemos más que una espada, ya sabes —le dijo Tweedledum a su hermano—, así que tú puedes usar el paraguas... Pincha igual de bien, solo que más vale que empecemos pronto porque se está poniendo todo muy negro.

—¡Y tan negro! —convino Tweedledee.

Estaba oscureciendo tan rápidamente que Alicia pensó que se estaría acercando alguna tormenta.

—¡Qué nube tan negra y tan espesa! —dijo—. Y qué velozmente se está encapotando el cielo! Pero... ¿qué veo? ¡Si me parece que esa nube tiene alas!

—¡Es el cuervo! —gritó Tweedledum con un grito de alarma y en el acto los dos hermanos salieron en estampida y desaparecieron en el bosque.

Alicia corrió un poco también y se paró bajo un corpulento árbol.

«No creo que pueda dar conmigo aquí —pensó— es demasiado grande como para poder introducirse entre estos árboles; pero ya me gustaría que no aleteasen de esa forma... Está levantando un huracán en el bosque... ¡Allí va un mantón que se le habrá volado a alguien!»

V

Agua y Lana

Y al mismo tiempo que decía esto cogió el mantón al vuelo y miró a su alrededor para ver si encontraba a su dueña. Al instante apareció la Reina blanca, corriendo desalada por el bosque, con los brazos abiertos en cruz, como si viniera volando. Alicia se acercó muy cortésmente a su encuentro para devolverle el mantón.

—Me alegro mucho de haberle podido ayudar —dijo Alicia mientras le ayudaba a ponérselo de nuevo.

LEWIS CARROLL

La Reina blanca parecía no poder contestarle más que con una extraña expresión, como si se sintiera temerosa y desamparada, y repitiendo en voz baja algo que sonaba así como «pan y mantequilla, pan y mantequilla...», de forma que Alicia decidió que si no empezaba ella a decir algo no lograría nunca entablar conversación.

La comenzó pues, tímidamente, preguntándole:

—¿Tengo la honra de dirigirme a la Reina blanca?

—Bueno, si llamas a eso «dirigirse»... —respondió la Reina blanca—. No es en absoluto lo que yo entiendo por esa palabra.

Alicia pensó que no tendría ningún sentido ponerse a discutir precisamente cuando estaban empezando a hablar, de modo que sonrió y le dijo:

—Si Su Majestad quisiera decirme cómo debo comenzar, lo intentaré lo mejor que pueda.

—¡Pero si es que no quiero que lo hagas en absoluto! —gritó la pobre Reina—. ¡Me he estado dirigiendo todo el tiempo durante las dos últimas horas!

«Más le serviría —pensó Alicia— tener a alguien que la "dirigiera" un poco, ya que está tan desarreglada.»

—Todo lo lleva mal puesto —dijo Alicia— y le sobran alfileres por todas partes. ¿Me permite ponerle bien el mantón? —añadió en voz alta.

—¡No sé qué es lo que le pasa! —suspiró con melancolía la Reina—. Creo que debe de estar de mal humor. Lo he puesto con un alfiler por aquí y otro por allá, ¡pero no hay manera de que se esté quieto!

—No puede quedar bien, por supuesto, si lo sujeta solo por un lado —le dijo Alicia mientras se lo iba colocando bien con sumo cuidado—. Y, ¡Dios mío!, ¡en qué estado lleva ese pelo!

—Es que se me ha enredado con el cepillo —explicó la Reina suspirando— y el peine se me perdió ayer.

Alicia desenredó cuidadosamente el cepillo e hizo lo que pudo por arreglarle un poco el pelo.

—¡Vaya, ya tiene mucho mejor aspecto! —le dijo después de haberle cambiado de sitio la mayor parte de los alfileres—. ¡Lo que de verdad le hace falta es tener una doncella!

—Estoy convencida de que te contrataría a ti con mucho gusto —aseguró la Reina—. A dos reales la semana y mermelada un día sí y otro no.

Alicia no pudo evitar la carcajada al oír esto y le contestó:

—No quisiera verme empleada... y no me gusta tanto la mermelada.

—¡Ah! Pues es una mermelada excelente —insistió la Reina.

—Bueno, en todo caso, lo que es hoy no me apetece en absoluto.

—Hoy es cuando no podrías tenerla ni aunque te apeteciera —atajó la Reina—. La regla es: mermelada mañana y ayer... pero nunca hoy.

—Alguna vez tendrá que tocar «mermelada hoy» —replicó Alicia.

—No, no puede ser —objetó la Reina—. Ha de ser mermelada un día sí y otro no: y hoy nunca puede ser otro día, ¿no es verdad?

—No, no comprendo nada —dijo Alicia—. ¡Qué lío me he hecho con todo eso!

—Eso es lo que siempre pasa cuando se vive marcha atrás —le explicó la Reina amablemente—. Al principio se marea siempre una un poco...

—¡Viviendo marcha atrás! —repitió Alicia con gran asombro—. ¡Nunca he oído una cosa semejante!

—Pero tiene una gran ventaja y es que así la memoria funciona en ambos sentidos.

—Estoy segura de que la mía no funciona más que en uno —afirmó Alicia—. No puedo acordarme de nada que no haya sucedido antes.

—Mala memoria, la que solo funciona hacia atrás —censuró la Reina.

—¿De qué clase de cosas se acuerda usted mejor? —se atrevió a preguntar Alicia.

—¡Oh! De las cosas que sucedieron dentro de dos semanas —replicó la Reina con la mayor naturalidad—. Por ejemplo —añadió, vendándose un dedo con un gran trozo de gasa—, ahí tienes al mensajero del Rey. Está encerrado ahora en la cárcel, cumpliendo su condena; pero el juicio no empezará hasta el próximo miércoles y por supuesto, el crimen se cometerá al final.

—¿Y suponiendo que nunca cometa el crimen? —preguntó Alicia.

—Eso sería incluso mejor, ¿no te parece? —dijo la Reina sosteniendo con una cinta la venda que se había puesto en el dedo.

A Alicia le pareció que desde luego eso no se podía negar.

—Claro que sería mejor —dijo—. Pero entonces, el haber cumplido condena no sería mejor para él.

—Ahí es donde te equivocas de todas todas —le aseguró la Reina—. ¿Te han castigado a ti alguna vez?

—Únicamente por travesuras —se excusó Alicia.

—¡Y estoy segura de que te sentó muy bien el castigo! —concluyó triunfante la Reina.

—Sí, pero es que yo sí que había cometido las faltas por las que me castigaron —insistió Alicia—. Y en eso radica la diferencia.

—Pero si no las hubieses cometido —replicó la Reina—, eso te habría sentado mucho mejor todavía. ¡Mucho mejor, muchísimo mejor! Pero es que, ¡muchísimo mejor!

Con cada «mejor» iba elevando más y más el tono de voz hasta que al final no se oía más que un gritito muy agudo. Alicia iba precisamente a responderle que:

—Debe de haber algún error en todo eso...

Cuando la Reina empezó a dar unos gritos tan fuertes que tuvo que dejar la frase sin terminar.

—¡Ay, ay, ay! —bramaba la Reina sacudiéndose la mano como si quisiera que se le soltara—. ¡Me está sangrando el dedo! ¡Ay, ay, ay, ay!

Sus alaridos se parecían tanto al silbato de una locomotora que Alicia tuvo que taparse los oídos con ambas manos.

—Pero ¿qué es lo le ocurre? —le preguntó cuando encontró una ocasión para hacerse oír. —¿Es que se ha pinchado un dedo?

—¡No me lo he pinchado todavía —gritó la Reina— pero me lo voy a pinchar muy pronto... ¡Ay, ay, ay!

—¿Y cuando cree que sucederá eso? —le preguntó Alicia sintiendo muchas ganas de reírse a carcajadas.

—Cuando me sujete el mantón de nuevo —gimió la pobre Reina—. El broche se me va a desprender de un momento a otro, ¡ay, ay! —y no terminó de decirlo cuando el broche se le abrió de golpe y la Reina lo agarró frenéticamente para abrocharlo de nuevo.

—¡Cuidado! —le gritó Alicia—. ¡Que lo está agarrando por el lado que no es!

Y quiso ponérselo bien, pero era ya demasiado tarde porque se había abierto el gancho y la Reina se había pinchado el dedo con la aguja.

—Eso explica que sangrara antes —le dijo a Alicia con una sonrisa—. Ahora ya sabes cómo ocurren las cosas por aquí.

—Pero, ¿y por qué no grita de dolor ahora? —le preguntó Alicia, preparándose para llevarse las manos de nuevo a los oídos.

—¿Para qué? Si ya me estuve quejando antes todo lo que quería —contestó la Reina—. ¿De qué me serviría hacerlo ahora todo de nuevo?

Para entonces empezaba a clarear.

—Me parece que el cuervo debe haberse marchado volando a otra parte —dijo Alicia—. ¡Cuánto me alegro de que se haya ido! Pensé que se estaba haciendo de noche.

—¡Cómo me gustaría a mí poder alegrarme así! —contestó la Reina—. Lo que ocurre es que nunca me acuerdo de las reglas para conseguirlo. ¡Debes de ser muy feliz, viviendo aquí en este bosque y poniéndote alegre siempre que quieres!

—¡Ay, si no estuviera una tan sola aquí! —se quejó Alicia con voz melancólica.

Y al pensar en lo sola que estaba dos grandes lágrimas rodaron por sus mejillas.

—¡Hala, no te pongas así! —le pidió la pobre Reina, retorciéndose las manos de desesperación—. ¡Considera qué niña tan excepcional eres! ¡Considera lo muy lejos que has llegado hoy! ¡Considera la hora que es! ¡Considera cualquier cosa, pero no llores!

Alicia no pudo evitar la risa al oír esto, a pesar de sus lágrimas.

—¿Puede usted dejar de llorar considerando cosas? —le preguntó.

—Esa es la manera de hacerlo —aseguró la Reina decididamente—. Nadie puede hacer dos cosas a la vez, con que... Empecemos por considerar tu edad, ¿cuántos años tienes?

—Tengo siete años y medio, exactamente.

—No es necesario que digas «exactamente» —observó la Reina—. Te creo sin que conste en acta. Y ahora te diré a ti algo en qué creer: acabo de cumplir ciento un años, cinco meses y un día.

—¡Eso sí que no lo puedo creer! —exclamó Alicia.

—¿Qué no lo puedes creer? —dijo la Reina con mucha pena—. Prueba otra vez: respira hondo y cierra los ojos.

Alicia rio de buena gana:

—No vale la pena intentarlo —dijo—. Nadie puede creer cosas que no son posibles.

—Me parece obvio que no tienes mucha práctica —replicó la Reina—. Cuando yo tenía tu edad, siempre solía hacerlo durante media hora cada día. ¡Cómo que a veces llegué hasta creer en seis cosas imposibles antes del desayuno! ¡Allá va mi mantón de nuevo!

Se le había abierto el broche mientras hablaba y una repentina bocanada de viento le voló el mantón y se lo llevó más allá de un pequeño arroyo.

La Reina volvió a abrir los brazos en cruz y salió volando tras él y esta vez consiguió recobrarlo ella misma.

—¡Ya lo tengo! —exclamó triunfante—. ¡Ahora verás cómo me lo pongo y me lo sujeto otra vez, yo sola!

—Entonces... espero que se le haya curado aquel dedo —contestó Alicia muy cortésmente mientras cruzaba ella también el arroyo detrás de la Reina.

—¡Ay, está mucho mejor! —gritó la Reina y la voz se le iba elevando hasta convertirse en un gritito muy agudo, mientras continuaba diciendo—: ¡Mucho mee-ejor! ¡Mee-jor! ¡Mee-ee-jor! ¡Mee... eeh! —esto último terminó en un auténtico balido, tan de oveja que Alicia se quedó de una pieza.

Miró a la Reina y le pareció como si se hubiera envuelto de golpe en lana. Alicia se frotó los ojos y miró de nuevo. No podía explicarse lo que había ocurrido. ¿Se encontraba acaso en una tienda? ¿Y era aquello verdaderamente... y estaba ahí, de verdad, una oveja sentada al otro lado del mostrador? Por más que se frotara los ojos esa era la única razón que podía dar a lo que estaba viendo: estaba en el interior de una pequeña tienda, bastante oscura, apoyando los codos sobre el mostrador y observando enfrente suyo a una vieja oveja sentada en una butaca, tejiendo y levantando la vista de vez en cuando para mirarla a través de un par de grandes gafas.

—¡Qué es lo que quieres comprar? —le preguntó finalmente la oveja, levantando la vista de su labor.

—Todavía no estoy del todo segura —le contestó Alicia muy cortésmente—. Si me lo permite, querría mirar antes todo lo de mi alrededor para ver lo que hay.

—Puedes mirar enfrente de ti y también a ambos lados si quieres —replicó la oveja—. Pero no podrás mirar todo a tu alrededor... a no ser que tengas un par de ojos en la nuca.

Y, en efecto, como ocurría que Alicia no tenía ninguno por ahí, tuvo que contentarse con dar unas vueltas, mirando lo que había en los estantes a medida que se acercaba a ellos.

La tienda parecía estar repleta de toda clase de curiosidades... pero lo más raro de todo es que cuando intentaba observar detenidamente lo que había en algún aparador para ver de qué se trataba, resultaba que estaba siempre vacío a pesar de que los que estaban a su alrededor parecían estar repletos y desbordados de objetos.

—¡Las cosas flotan aquí de un modo...! —se quejó al fin, después de haber intentado en vano seguir, durante un minuto, un objeto brillante y grande, que parecía unas veces una muñeca y otras un costurero, pero que en todo caso tenía la virtud de estar siempre en un estante más arriba del que estaba examinando—. Y esta es con diferencia la que peor de todas se porta... Pero ¡vas a ver! —añadió al ocurrírsele inesperadamente una idea—. Voy a seguirla con la mirada hasta que llegue al último estante y luego, ¡vaya sorpresa que se va a llevar cuando tenga que pasar a través del techo!

Pero incluso esta estrategia le falló: la «cosa» pasó tranquilamente a través del techo, como si estuviera muy acostumbrada a hacerlo.

—¿Eres una niña o una peonza? —dijo la oveja mientras se armaba con otro par de agujas—. Vas a marearme si sigues dando tantas vueltas por ahí.

Pero ya antes de terminar de hablar estaba tejiendo con catorce pares de agujas a la vez y Alicia no pudo controlar su curiosidad y su sorpresa.

«¡¿Cómo podrá tejer al tiempo con tantas agujas?! —se preguntaba la niña, asombrada—. Y a cada minuto saca más y más..., ¡ni que fuera un puercoespín!»

—¿Sabes remar? —le preguntó la oveja, pasándole un par de agujas de tejer mientras le hablaba.

—Sí, un poco... pero no en tierra... y tampoco con agujas de tejer... —empezó a excusarse Alicia cuando de pronto las que tenía en las manos empezaron a convertirse en remos y se encontró con que estaban las dos a bordo de un bote, deslizándose suavemente por la orilla del río; de modo que no le quedaba más remedio que intentarlo lo mejor que podía.

—¡Plumea! —le dijo la oveja, haciéndose con otro par de agujas.

Esta indicación no le pareció a Alicia que requiriera ninguna respuesta, de modo que no dijo nada y empuñó los remos. Algo muy raro le ocurría al agua, pensó, pues de vez en cuando los remos se le quedaban agarrados en ella y a duras penas lograba zafarlos.

—¡Plumea, plumea! —volvió a gritarle la oveja, tomando todavía más agujas. —Que si no vas a pescar pronto un cangrejo.

«¡Una monada de cangrejito! —pensó Alicia, ilusionada—. Eso sí que me gustaría.»

—Pero, ¿es que no me oyes decir que plumees? —gritó enfadada la oveja empuñando todo un manojo de agujas.

—Desde luego que sí —contestó Alicia—. Lo ha dicho usted muchas veces... y además levantando mucho la voz. Me querría decir, por favor, ¿dónde están los cangrejos?

—¡En el agua, naturalmente! —contestó la oveja, metiéndose unas cuantas agujas en el pelo, puesto que ya no le cabían en las manos—. ¡Plumea, te digo!

—Pero ¿por qué me dice que plumee tantas veces? —preguntó Alicia, al fin, algo exasperada—. ¡No soy ningún pájaro!

—¡Sí lo eres! —le aseguró la oveja—. Eres un gansito.

Esto ofendió un tanto a Alicia, de modo que no respondió nada durante un minuto o dos, mientras la barca seguía deslizándose ligeramente por el agua, pasando a veces por entre bancos de algas, que hacían que los remos se le quedaran agarrotados en el agua más que nunca; y otras veces bajo la sombra de los árboles de la ribera, pero siempre vigilada desde arriba por las altas crestas de la ribera.

—¡Ay, por favor! ¡Ahí veo unos juncos olorosos! —exclamó Alicia en un repentino arrebato de gozo—. ¡De verdad que lo son... y qué bonitos que están!

—No hace falta que me los pidas a mí «por favor» —respondió la oveja sin tan siquiera levantar la vista de su labor—. No he sido yo quien los ha puesto ahí y no seré yo quien se los vaya a llevar.

—No, pero lo que quiero decir es que si, por favor, pudiéramos detenernos a recoger unos pocos —rogó Alicia—. Si no le importa parar la barca durante un minuto...

—¿Y cómo la voy a parar yo? —replicó la oveja. —Si dejases de remar se pararía ella sola.

Dicho y hecho, la barca continuó flotando río abajo, arrastrada por la corriente, hasta deslizarse suavemente por entre los juncos, meciéndose sobre el agua. Y entonces se arremangó cuidadosamente los brazos y los hundió hasta el codo, para recoger los juncos lo más abajo posible antes de arrancarlos... Y durante algún rato Alicia se olvidó de todo, de la oveja y de su calceta, mientras se inclinaba, apoyada sobre el borde de la barca, las puntas de su pelo revuelto rozando apenas la superficie del agua... Y con los ojos brillantes de deseo iba recogiendo manojo tras manojo de aquellos deliciosos juncos olorosos.

«¡Ojalá que no vuelque la barca! —se dijo a sí misma—. ¡Ay, qué bonito que es aquel! Si solo lo hubiera podido alcanzar...»

Y desde luego que era como para enfadarse porque, como Alicia creyó, casi parecía que se lo hacían adrede; ya que aunque lograba arrancar bastantes de los juncos más bonitos, mientras el bote se deslizaba entre ellos, siempre parecía que había uno más hermoso más allá de su alcance.

—¡Los más preciosos están siempre más lejos! —dijo finalmente, dando un suspiro, ante la obstinación de aquellos juncos, empeñados en ir a crecer tan apartados. E incorporándose de nuevo sobre su banqueta, con las mejillas encendidas y el agua goteándole del pelo y de las manos, comenzó a ordenar los tesoros que acababa de reunir.

¿Qué le importaba a ella que los olorosos juncos hubieran empezado a marchitarse y a perder su perfume y su

belleza desde el momento mismo en que los recogiera? Si hasta los juncos olorosos de verdad, ya se sabe, no duran más que un poco... Y estos que yacían a manojos en sus pies, siendo juncos soñados, iban fundiéndose y desapareciendo como si fuesen de nieve... Pero Alicia apenas se dio cuenta de esto, puesto que estaban pasando tantas otras cosas curiosas sobre las que tenía que pensar...

No habían ido mucho más lejos cuando la pala de uno de los remos se quedó atascada en algo bajo el agua y no quiso soltarse por nada, o así al menos lo explicaba Alicia más tarde. Y, por lo tanto, el puño del remo acabó metiéndosele bajo el mentón y a pesar de una serie de entrecortados y agudos ayes, Alicia se vio arrastrada inevitablemente fuera de su banqueta y arrojada al fondo, entre sus manojos de juncos. A pesar de ello, no se hizo ningún daño y pronto recobró su sitio; la oveja había continuado haciendo punto todo este tiempo, como si no hubiera pasado nada.

—¡Bonito cangrejo pescaste!, ¿eh? —observó, mientras Alicia volvía a sentarse en su banqueta, muy aliviada de ver que continuaba dentro del bote.

—¿De verdad? Pues yo no lo vi —dijo Alicia, observando con cautela las aguas oscuras por encima de la borda—. Ojalá no se hubiese soltado... ¡Me hubiera gustado tanto llevarme un cangrejito a casa!

Pero la oveja solo se rio desdeñosamente y continuó haciendo calceta.

—¿Hay muchos cangrejos por aquí? —le preguntó Alicia.

—Hay cangrejos y toda clase de cosas —replicó la oveja—. Hay un buen surtido; no tienes más que escoger. ¡Vamos, decídete! ¿Qué es lo que quieres comprar?

—¡¿Comprar?! —repitió Alicia con un tono de voz entre sorprendido y temeros ya que los remos, la barca y el río se habían esfumado en un instante y se encontraba de nuevo en la pequeña y oscura cacharrería de antes.

—Querría comprarle un huevo, por favor —dijo al fin con timidez. —¿A cuánto los vende?

—A cinco reales y un ochavo el huevo... y a dos reales la pareja.

—¿Entonces dos cuestan más barato que uno? —preguntó Alicia, asombrada, sacando su monedero.

—Es que si compras dos huevos tienes que comerte los dos —explicó la oveja.

—En ese caso, me llevaré solo uno, por favor —concluyó Alicia, colocando el dinero sobre el mostrador; pues estuvo pensando si estarían todos buenos.

La oveja tomó el dinero y lo metió en una caja. Dijo luego:

—Nunca le doy a mis clientes nada con la mano... eso no estaría bien... debes cogerlo tu misma.

Y con esto se fue hacia el otro extremo de la tienda y colocó el huevo de pie sobre un estante.

«Me pregunto por qué no estaría bien que me lo entregara ella misma», pensó Alicia, a medida que avanzaba a tientas entre mesas y sillas, pues el fondo de la tienda estaba muy oscuro.

«Ese huevo parece estar alejándose cuanto más camino hacia él y... ¿qué es esto?, ¿será una silla? Pero... ¿cómo? ¡Si tiene ramas! ¡Qué raro es esto de encontrarse un árbol creciendo aquí dentro! ¡Pero si también veo allí un pequeño riachuelo! Bueno, desde luego esta es la tienda más extraña que haya visto jamás...», Alicia continuó pensando de este modo, cada vez más sorprendida a medida que todo a lo que se acercaba se iba convirtiendo en un árbol; y casi esperaba que le ocurriera lo mismo al huevo.

VI

Humpty Dumpty

Sin embargo, lo único que le sucedió al huevo es que se fue haciendo cada vez mayor y más y más humano. Cuando Alicia llegó a unos metros de donde estaba pudo observar que tenía ojos, nariz y boca. Y cuando se hubo acercado del todo vio claramente que se trataba nada menos que del mismo Humpty Dumpty.

«¡No puede ser nadie más que él! —pensó Alicia—. ¡Estoy tan segura como si llevara el nombre escrito por toda la cara!»

Tan enorme era aquella cara que con facilidad habría podido llevar su nombre escrito sobre ella un centenar de veces. Humpty Dumpty estaba sentado con las piernas cruzadas, como si fuera un turco, en lo alto de una pared... No obstante, era tan estrecha que Alicia se asombró de que pudiese mantener el equilibrio sobre ella... Y, como los ojos los tenía fijos, mirando en la dirección contraria a Alicia, y como todo él estaba ahí sin hacerle el menor caso, pensó que, después de todo, no podía ser más que un pelele.

—¡Es la mismísima imagen de un huevo! —dijo Alicia en voz alta, de pie delante de él y con los brazos preparados para cogerlo en el aire, tan segura como estaba de que se iba a caer de un momento a otro.

—¡No te fastidia...! —dijo Humpty Dumpty después de un largo silencio y cuidando de mirar hacia otro lado mientras hablaba—. ¡Qué lo llamen a uno un huevo!

¡Es el colmo!

—Únicamente, dije, señor mío, que usted se parece a un huevo —explicó Alicia muy amablemente—. Y ya sabe usted que hay huevos que son muy bonitos —añadió esperando que la inconveniencia que había dicho pudiera pasar incluso por un cumplido.

—¡Hay gente —sentenció Humpty Dumpty mirando hacia otro lado, como de costumbre— que no tiene más sentido que una criatura!

Alicia no supo qué contestar a esto, ya que no se parecía en absoluto a una conversación, pensó, pues no le estaba diciendo nada a ella; de hecho, este último comentario iba evidentemente dirigido a un árbol... Así que quedándose donde estaba, recitó suavemente para sí:

Tronaba Humpty Dumpty
desde su alto muro;
mas cayóse un día,
¡y sufrió un gran apuro!
Todos los caballos del Rey,
todos los hombres del Rey,
¡ya nunca más pudieron
a Humpty Dumpty sobre su alto muro
ponerle tronando otra vez!

—Esta última estrofa es demasiado larga para la rima —añadió, casi en voz alta, olvidándose de que Humpty Dumpty podía oírla.

—No te quedes ahí charloteando contigo misma —le recriminó Humpty Dumpty, mirándola por primera vez—. Dime más bien tu nombre y profesión.

—Mi nombre es Alicia, pero...

—¡Vaya nombre más absurdo! —la interrumpió Humpty Dumpty con impaciencia—. ¿Qué es lo que quiere decir?

—¿Es que acaso un nombre tiene que significar necesariamente algo? —preguntó Alicia, nada convencida.

—¡Pues claro que sí! —replicó Humpty Dumpty soltando una carcajada—. El mío significa la forma que tengo... y una forma bien hermosa que es. Pero con ese nombre que tienes, ¡podrías tener prácticamente cualquier forma!

—¿Por qué está usted sentado aquí fuera tan solo? —dijo Alicia, que no quería meterse en discusiones.

—¡Hombre! Pues por que no hay nadie que esté conmigo —exclamó Humpty Dumpty—. ¿Te pensabas acaso que no iba a saber responder a eso? Pregunta otra cosa.

—¿No cree usted que estaría más seguro aquí abajo, con los pies sobre la tierra? —continuó Alicia, no por inventar otra adivinanza, sino simplemente porque estaba de verdad preocupada por la extraña criatura—. ¡Ese muro es tan estrecho!

—¡Pero qué adivinanzas tan exageradamente fáciles que me estás proponiendo! —gruñó Humpty Dumpty—. ¡Pues claro que no lo creo! Has de saber que si alguna vez me llegara a caer... lo que no podría en modo alguno ocurrir... pero caso de que sucediese... —y al llegar a este punto frunció la boca en un gesto tan solemne y vanidoso que Alicia casi no podía contener la risa—. Pues suponiendo que yo llegara a caer —continuó— el Rey me ha prometido... ¡Ah! ¡Puedes palidecer si te pasma! ¿A que no esperabas que fuera a decir una cosa así, eh? Pues el Rey me ha prometido..., por su propia boca..., que..., que...

—Que enviará a todos sus caballos y a todos sus hombres —interrumpió Alicia, muy poco oportuna.

—¡Vaya! ¡No me faltaba más que esto! —gritó Humpty Dumpty inesperadamente muy enfadado—. ¡Has estado escuchando detrás de las puertas..., escondida detrás de los árboles..., por las chimeneas..., o no lo podrías haber sabido!

—¡Desde luego que no! —protestó Alicia, con suavidad—. Es que está escrito en un libro.

—¡Ah, bueno! Es muy posible que estas cosas estén escritas en algún libro —dijo Humpty Dumpty, ya bastante sosegado—. Eso es lo que se llama una *Historia de Inglaterra*, más bien. Ahora, ¡mírame bien! Contempla a quien ha hablado con un Rey: yo mismo. Bien pudiera ocurrir que nunca vieras a otro como yo. Y para que veas que a pesar

de eso no se me ha subido a la cabeza, ¡te permito que me estreches la mano!

Y, en efecto, se inclinó hacia adelante, y por poco no se cae del muro al hacerlo, y le ofreció a Alicia su mano, mientras la boca se le ensanchaba en una amplia sonrisa que le recorría la cara de oreja a oreja.

Alicia le tomó la mano, pero observándolo todo con mucho cuidado:

«Si sonriera un poco más pudiera ocurrir que los lados de la boca acabasen uniéndose por detrás —pensó— y entonces, ¡qué no le sucedería a la cabeza! ¡Mucho me temo que se le desprendería!»

—Pues, sí, señor, todos sus caballos y todos sus hombres —continuó impertérrito Humpty Dumpty—. Me recogerían en un santiamén y me traerían aquí de nuevo, ¡así, sin más! Pero... esta conversación está discurriendo con excesiva rapidez, volvamos a lo penúltimo que dijimos.

—Me temo que ya no recuerdo exactamente de qué se trataba —señaló Alicia, muy cortés.

—En ese caso, cortemos por lo sano y a empezar de nuevo —zanjó la cuestión Humpty Dumpty—. Y ahora me toca a mí escoger el tema...

«Habla como si se tratase de un juego», pensó Alicia.

—... así que he aquí una pregunta para ti: ¿qué edad me dijiste que tenías?

Alicia hizo un pequeño cálculo y contestó:

—Siete años y seis meses.

—¡Te equivocaste! —exclamó Humpty Dumpty, muy engreído—. ¡Nunca me dijiste nada semejante!

—Pensé que lo que usted quería preguntarme era más bien: «¿Qué edad tiene?» —explicó Alicia.

—Si hubiera querido decir eso, lo habría dicho, ¡ea! —replicó Humpty Dumpty.

Alicia no quiso ponerse a discutir de nuevo, de forma que no respondió nada.

—Siete años y seis meses... —repetía Humpty Dumpty, cavilando—. Una edad bien incómoda. Si quisieras seguir mi consejo te diría: «Deja de crecer a los siete», pero ya es demasiado tarde.

—Nunca se me ha ocurrido pedir consejos sobre la manera de crecer ——respondió Alicia, indignada.

—¿Demasiado orgullosa, eh? —dijo el otro.

Alicia se sintió todavía más ofendida por esta insinuación.

—Quiero decir —replicó— que una no puede evitar el ir haciéndose más vieja.

—Puede que una no pueda —le respondió Humpty Dumpty—, pero dos, ya podrán. Con los auxilios necesarios podrías haberte quedado para siempre en los siete años.

—¡Qué hermoso cinturón tiene usted! —observó Alicia inesperadamente; puesto que pensó que ya habían hablado más que suficientemente del tema de la edad y, además, si de verdad iban a turnarse escogiendo temas, ahora le tocaba a ella)—. Digo más bien... —se corrigió pensándolo mejor— qué hermosa corbata, eso es lo que quise decir... No, un cinturón, me parece... ¡Ay, mil perdones, no sé lo que estoy diciendo! —añadió muy nerviosa, al ver que a Humpty Dumpty le estaba dando un ataque irremediable de indignación, y empezó a desear que nunca hubiese escogido ese tema.

«¡Si solamente supiera —concluyó para sí misma— cuál es su cuello y cuál su cintura!»

Evidentemente, Humpty Dumpty estaba enojadísimo, aunque no dijo nada durante un minuto o dos. Pero cuando volvió a abrir la boca fue para lanzar un bronco gruñido.

—Es... el colmo... del fastidio —pudo decir al fin—. ¡Esto de que la gente no sepa distinguir una corbata de un cinturón!

—Sé que revela una gran ignorancia por mi parte —confesó Alicia con un tono de voz muy humilde con el que Humpty Dumpty se apiadó.

—Es una corbata, niña. Y bien bonita que es, como tú bien has dicho. Es un regalo del Rey y de la Reina. ¿Qué te parece eso?

—¿De verdad? —dijo Alicia encantada de ver que había elegido después de todo un buen tema.

—Me la dieron —continuó diciendo Humpty Dumpty con mucha pomposidad, cruzando un pierna sobre la otra y luego ambas manos por encima de una rodilla—, me la dieron... como regalo de incumpleaños.

—¿Perdón? —le preguntó Alicia con un aire muy intrigado.

—No estoy ofendido —le aseguró Humpty Dumpty.

—Quiero decir que, ¿qué es un regalo de incumpleaños?

—Pues un regalo que se hace en un día que no es de cumpleaños, naturalmente.

Alicia se quedó considerando la idea un poco, pero finalmente dijo:

—Prefiero los regalos de cumpleaños.

—¡No sabes lo que estás diciendo! —gritó Humpty Dumpty—. A ver: ¿cuántos días tiene el año?

—Trescientos sesenta y cinco —respondió Alicia.

—¿Y cuántos días de cumpleaños tienes tú?

—Uno.

—Bueno, pues si le restas uno a esos trescientos sesenta y cinco días, ¿cuántos te quedan?

—Trescientos sesenta y cuatro, naturalmente.

Humpty Dumpty no parecía estar muy convencido de este cálculo.

—Me gustaría ver eso por escrito —dijo.

Alicia no pudo menos de sonreír mientras sacaba su cuaderno de notas y escribía en él la operación aritmética en cuestión:

$$365 - 1 = 364$$

Humpty Dumpty tomó el cuaderno y lo observó con atención.

—Sí, me parece que está bien... —comenzó a decir.

—Pero ¡si lo está leyendo al revés! —interrumpió Alicia.

—¡Anda! Pues es verdad, ¿quién lo habría dicho? —admitió Humpty Dumpty con jovial suavidad mientras Alicia le daba la vuelta al cuaderno—. Ya decía yo que me parecía que tenía un aspecto algo extraño. Pero, en fin, como estaba diciendo, me parece que está bien hecha la resta... Aunque, por supuesto, no he tenido tiempo de examinarla debidamente... Pero, en todo caso, lo que demuestra es que hay trescientos sesenta y cuatro días para recibir regalos de incumpleaños...

—Desde luego —asintió Alicia.

—¡Y solo uno para regalos de cumpleaños! Ya ves. ¡Te has cubierto de gloria!

—No sé qué es lo que quiere decir con eso de la «gloria» —observó Alicia.

Humpty Dumpty sonrió despectivamente.

—Pues claro que no... y no lo sabrás hasta que te lo diga yo. Quiere decir que «ahí te he dado con un argumento que te ha dejado bien aplastada».

—Pero «gloria» no significa «un argumento que deja bien aplastado» —objetó Alicia.

—Cuando yo uso una palabra —insistió Humpty Dumpty con un tono de voz más bien desdeñoso— quiere decir lo que yo quiero que diga..., ni más ni menos.

—La cuestión —insistió Alicia— es si se puede hacer que las palabras signifiquen tantas cosas diferentes.

—La cuestión —finalizó Humpty Dumpty— es saber quién es el que manda..., eso es todo.

Alicia se quedó demasiado desconcertada con todo esto para decir nada; de forma que tras un minuto Humpty Dumpty empezó a hablar otra vez:

—Algunas palabras tienen su genio... particularmente los verbos... Son los más creídos... Con los adjetivos se puede hacer lo que se quiera, pero no con los verbos... Sin embargo, ¡yo me las arreglo para tenérselas tiesas a todos ellos!

¡Impenetrabilidad! Eso es lo que yo siempre digo.

—¿Querría decirme, por favor —suplicó Alicia—, qué es lo que quiere decir eso?

—Ahora sí que estás hablando como una niña sensata —aprobó Humpty Dumpty, muy orondo. —Por «impenetrabilidad» quiero decir que ya basta de hablar de este tema y que más te valdría que me dijeras de una vez qué es lo que vas a hacer ahora, pues imagino que no vas a estar ahí parada el resto de tu vida.

—¡Pues no es poco significado para una sola palabra! —comentó reflexivamente Alicia.

—Cuando hago que una palabra trabaje tanto como esa —explicó Humpty Dumpty—, siempre le doy una paga extraordinaria.

—¡Oh! —dijo Alicia. Estaba demasiado desconcertada con todo esto como para hacer otro comentario.

—¡Ah, deberías de verlas cuando vienen a mi alrededor los sábados por la noche! —continuó Humpty Dumpty.

—A por su paga, ya sabes...

Alicia no se atrevió a preguntarle con qué les pagaba, de manera que menos podría decíroslo yo a vosotros.

—Parece usted muy diestro en esto de explicar lo que quieren decir las palabras, señor mío —dijo Alicia—. Así que, ¿querría ser tan amable de explicarme el significado del poema titulado «Galimatazo»?

—A ver, oigámoslo —aceptó Humpty Dumpty—. Soy capaz de explicar el significado de cuantos poemas se hayan inventado y también el de otros muchos que todavía no se han inventado.

Esta declaración parecía ciertamente prometedora, de forma que Alicia recitó la primera estrofa:

> *Brillaba, brumeando negro, el sol;*
> *agiliscosos giroscaban los limazones*
> *banerrando por las váparas lejanas;*
> *mimosos se fruncían los borogobios*
> *mientras el momio rantas murgiflaba.*

—Con eso basta para comenzar —interrumpió Humpty Dumpty—, que ya tenemos ahí un buen montón de palabras difíciles. Eso de que «brumeaba negro el sol» quiere decir que eran ya las cuatro de la tarde... porque es cuando se encienden las brasas para asar la cena.

—Eso me parece muy bien —aprobó Alicia—. Pero ¿y lo de los «agiliscosos»?

—Bueno, verás, «agiliscosos» quiere decir «ágil y viscoso», ¿comprendes? Es como si fuera un sobretodo... Son dos significados que envuelven a la misma palabra.

—Ahora lo comprendo —asintió Alicia, pensativa—. Y ¿qué son los «limazones»?

—Bueno, los «limazones» son un poco como los tejones..., pero también se parecen un poco a los lagartos... y también tienen un poco el aspecto de un sacacorchos...

—Han de ser unas criaturas de presencia muy curiosa.

—Eso sí, desde luego —afirmó Humpty Dumpty—. También hay que señalar que suelen hacer sus madrigueras bajo los relojes de sol... Y también que se alimentan de queso.

—Y ¿qué es «giroscar» y «banerrar»?

—Pues «giroscar» es dar vueltas y más vueltas, como un giroscopio; y «banerrar» es andar haciendo agujeros como un barreno.

—Y la «vápara» será el césped que siempre hay alrededor de los relojes de sol, supongo —dijo Alicia, sorprendida de su propio ingenio.

—¡Pues claro que sí!

Como sabes, se llama «vápara» porque el césped ese va para adelante en una dirección y va para atrás en la otra.

—Y va para cada lado un buen trecho también —añadió Alicia.

—Exactamente, así es. Bueno, los «borogobios» son una especie de pájaros desaliñados con las plumas erizadas por todas partes... Una especie de estropajo viviente. Y en cuanto a que se «mimosos se fruncían», también puede decirse que estaban «fruncimosos»; ya ves, otra palabra con sobretodo.

—¿Y el «momio» ese que «murgiflaba rantas»? —preguntó Alicia—. Me parece que le estoy ocasionando muchas molestias con tanta pregunta.

—Bueno, las «rantas» son una especie de cerdo verde; pero respecto a los «momios», no estoy seguro de lo que son. Me parece que la palabra viene de «monseñor con insomnio», en fin, un verdadero momio.

—Y entonces, ¿qué quiere decir eso de que «murgiflaban»?

—Bueno, «murgiflar» es algo así como aullar y silbar a la vez, con una especie de estornudo en medio; quizás llegues a oír como lo hacen alguna vez en aquella floresta... Y cuando te haya tocado oírlo por fin, te bastará verdaderamente con esa vez. ¿Quién te ha estado recitando esas cosas tan difíciles?

—Lo he leído en un libro —explicó Alicia—. Pero también me han recitado otros poemas mucho más fáciles que ese; creo que fue Tweedledee... si no me equivoco.

—¡Ah! En cuanto a poemas —dijo Humpty Dumpty, extendiendo elocuentemente una de sus grandes manos—, yo puedo recitar tan bien como cualquiera, si es que se trata de eso...

—¡Oh, no es necesario que se trate de eso! —se apresuró a atajarle Alicia, con la vana esperanza de impedir que empezara.

—El poema que voy a recitar —prosiguió sin hacerle el menor caso— fue escrito especialmente para entretenerte.

A Alicia le pareció que en tal caso no tenía más remedio que escuchar; de forma que se sentó y le dio unas «gracias» más bien resignadas.

En invierno,
cuando los campos están blancos,
canto esta canción en tu loor.

—Únicamente que no la canto —añadió a modo de explicación.

—Ya veo que no —dijo Alicia.

—Si tu puedes ver si la estoy cantando o no, tienes más vista que la mayoría de la gente —observó severamente Humpty Dumpty.

Alicia se quedó callada.

En primavera,
cuando verdean los bosques,
me esforzaré por decirte lo que pienso.

—Muchísimas gracias —dijo Alicia.

En verano,
cuando los días son largos,
a lo mejor llegues a comprenderla.

En otoño,
cuando las frondas lucen castañas,
tomarás pluma y papel para anotarla.

—Lo haré si todavía me acuerdo de la letra después de tanto tiempo —prometió Alicia.

—No es necesario que hagas esos comentarios a cada cosa que digo —recriminó Humpty Dumpty—. No tienen ningún sentido y me hacen perder el hilo...

Mandéles a los peces un recado:
«¡Qué lo hicieran ya de una vez!»

Los pequeños pescaditos de la mar
mandáronme una respuesta a la par.

Los pequeños pescaditos me decían:
«No podemos hacerlo, señor nuestro, porque...»

—Me temo que no estoy comprendiendo nada —interrumpió Alicia.

—Se hace más sencilla más adelante —aseguró Humpty Dumpty.

Otra vez les mandé decir:
«¡Será mejor que obedezcáis!»

Los pescaditos se sonrieron solapados.
«Vaya genio tienes hoy», me contestaron.

Se lo dije una vez y se lo dije otra vez.
Pero nada, no atendían a ninguna de mis razones.

Tomé una caldera grande y nueva,
que era justo lo que necesitaba.
La llené de agua junto al pozo
y mi corazón latía de gozo.
Entonces, acercándoseme me dijo alguien:
«Ya están los pescaditos en la cama».

Le respondí con voz bien clara:
«¡Pues a despertarlos dicho sea!»
Se lo dije bien fuerte y alto;
fui y se lo grité al oído...

Humpty Dumpty elevó la voz hasta casi aullar y Alicia pensó con un ligero estremecimiento: «¡No habría querido ser ese mensajero por nada del mundo!»

Pero, ¡qué tipo más vano y engolado!
Me dijo: «¡No hace falta hablar tan alto!»

¡Sí que era necio el badulaque!
«Iré a despertarlos» dijo «siempre que...»
Con un sacacorchos que tomé del estante
fui a despertarlos yo mismo al instante.

Cuando me encontré con la puerta atrancada,
tiré y empujé, a patadas y a puñadas.

Pero al ver que la puerta estaba cerrada
intenté luego probar la aldaba...

A esto siguió una larga pausa.

—¿Eso es todo? —preguntó tímidamente Alicia.

—Eso es todo —dijo Humpty Dumpty—. ¡Adiós!

Esto le pareció a Alicia un tanto brusco; pero después de una indirecta tan directa, pensó que no sería de buena educación quedarse allí por más tiempo. De forma que se puso en pie y le dio la mano:

—¡Adiós y hasta que nos volvamos a ver! —le dijo de la forma más jovial que pudo.

—No creo que te reconozca ya más, ni aunque nos volviéramos a ver —replicó Humpty Dumpty con tono malhumorado, concediéndole un dedo para que se lo estrechara de despedida—. Eres tan exactamente igual a todos los demás...

—Por lo general, se distingue una por la cara —señaló Alicia reflexiva.

—De eso precisamente es de lo que me quejo —gruñó Humpty Dumpty. —Tu cara es idéntica a la de los demás... Ahí, un par de ojos... —señalando su lugar en el aire con el pulgar—. La nariz, en el medio, la boca debajo. Siempre igual. En cambio, si tuvieras los dos ojos del mismo lado de la cara, por ejemplo..., o la boca en la frente..., eso sí que sería diferente.

—Eso no quedaría bien —objetó Alicia.

Pero Humpty Dumpty solo cerró los ojos y respondió:

—Pruébalo antes de juzgar.

Alicia esperó un minuto para ver si iba a hablar de nuevo; pero como no volvió a abrir los ojos ni le prestó la menor atención, le dijo un nuevo «adiós» y no recibiendo ninguna respuesta se marchó de ahí sin decir más; pero no pudo evitar el murmurar mientras se alejaba:

—¡De todos los insoportables...! —y repitió esto en voz alta, pues le consolaba mucho poder pronunciar una palabra tan larga—. ¡De todos los insoportables que he conocido, este es desde luego el peor! Y... —pero nunca pudo terminar la frase, porque en aquel momento algo que cayó pesadamente al suelo sacudió con su estrépito a todo el bosque.

VII

El león y el unicornio

En ese momento empezaron a acudir soldados corriendo desde todas partes del bosque, primero de dos en dos y de tres en tres, luego en grupos de diez y veinte, y, finalmente en cohortes tan numerosas que parecían llenar el bosque entero. Alicia se refugió detrás de un árbol por miedo a que fueran a atropellarla y estuvo así viéndolos pasar.

Pensó que nunca había visto en toda su vida soldados de pie tan poco firme: constantemente estaban tropezando con una cosa u otra de la forma más torpe, y cada vez que uno de ellos daba un traspiés y rodaba por el suelo, muchos otros más caían detrás sobre él, de forma que al poco rato todo el suelo estaba lleno de soldados apilados en pequeños montones.

Entonces aparecieron los caballos. Como tenían cuatro patas, se las arreglaban mejor que los soldados; pero incluso estos tropezaban de vez en cuando y, a juzgar por el resultado, parecía ser una regla bien establecida la de que cada vez que tropezaba un caballo, su jinete tenía que caer al suelo al instante.

De esta forma, la confusión iba aumentando por momentos y Alicia se alegró mucho de poder salir del bosque, por un lugar abierto en donde se encontró con el Rey blanco sentado en el suelo, muy atareado escribiendo en su cuaderno de notas.

—¡Los he mandado a todos! —exclamó regocijado el Rey al ver a Alicia—. ¿Por casualidad no habrás visto a unos soldados, querida, mientras venías por el bosque?

—Desde luego que sí —dijo Alicia—. Y por lo que me pareció, no habría menos de varios miles.

—Cuatro mil doscientos siete, para ser exactos —aclaró el Rey consultando sus notas—, y no pude enviar a todos los caballos, como comprenderás, porque dos de ellos han de permanecer al menos jugando la partida. Tampoco he enviado a los dos mensajeros. Ambos se han marchado a la ciudad. Mira por el sendero y dime, ¿alcanzas a ver a alguno de los dos?

—No..., a nadie —declaró Alicia.

—¡Cómo me gustaría a mí tener tanta vista! —exclamó quejumbroso el Rey—. ¡Ser capaz de ver a Nadie! ¡Y a esa distancia! ¡Vamos, como que yo, y con esta luz, ya hago bastante viendo a alguien!

Pero Alicia no se enteró de nada de todo esto puesto que seguía mirando con atención a lo lejos por el sendero, protegiéndose los ojos con la mano.

—¡Ahora sí que veo a alguien! —exclamó por fin—. Pero viene muy despacio..., ¡qué posturas más raras!

El mensajero no hacía más que dar botes de un lado a otro y se retorcía como una anguila a medida que avanzaba, extendiendo sus manazas a ambos lados como si fuesen abanicos.

—Nada de raras —explicó el Rey—. Es que es un mensajero anglosajón y lo que pasa es que adopta actitudes anglosajonas. Eso solo le ocurre cuando está contento. Se llama Haigha —nombre que pronunciaba como si se escribiera Je-ja.

Al oír esto, Alicia no pudo contenerse y empezó a jugar con las letras:

—Viene un barco cargado de H; amo a mi amor con H porque es hermoso; lo odio con H porque es horroroso. Lo alimento de..., de..., de habas y heno. Su nombre es Haigha y vive...

—Vive en la higuera —suplió el Rey con toda naturalidad, sin tener la menor idea de que estaba participando en un juego, mientras Alicia se devanaba los sesos por encontrar el nombre de una ciudad que empezase por H.

—El otro mensajero se llama Hatta. Tengo que tener a dos, ¿comprendes? Para ir y venir: uno para ir y el otro para venir.

—Le suplico que me repita eso —dijo Alicia sorprendida.

—¡Niña, a Dios rogando y con el mazo dando! —amonestó el Rey.

—Únicamente quise decir que no había entendido —se excusó Alicia. —¿Por qué uno para venir y otro para ir?

—¿Pero no te lo estoy diciendo? —dijo el Rey con cierta impaciencia—. Necesito tener a dos..., para llevar y traer..., uno para llevar y otro para traer.

En ese momento llegó el mensajero, pero estaba demasiado cansado y solo podía jadear, incapaz de pronunciar una sola palabra, agitando desordenadamente las manos y haciéndole al Rey las muecas más pavorosas.

—Esta jovencita te ama con H —dijo el Rey presentándole a Alicia, con la esperanza de distraer hacia ella la atención tan alarmante del mensajero..., pero en vano..., las actitudes anglosajonas se hacían más extraordinarias por instantes, mientras que sus grandes ojazos giraban violentamente en sus órbitas.

—¡Me estás asustando! —se quejó el Rey—. Siento un desmayo... ¡Dame unas habas! Al oír esto, el mensajero, ante el regocijo de Alicia, abrió una saca que llevaba colgada al cuello y extrajo unas cuantas habas, que le dio al Rey y que este devoró con ahínco.

—¡Más habas! —ordenó el Rey.

—Ya no queda más que heno —contestó el mensajero examinando el interior de su saca.

—Pues heno, entonces —musitó el Rey con un hilo de voz.

Alicia se tranquilizó al ver que esta vitualla parecía reanimarlo considerablemente. —¡No hay nada como comer heno cuando se siente uno desmayar! —comentó el Rey mientras mascaba con gusto.

—Estoy segura de que una rociada de agua fría le sentaría mucho mejor —sugirió Alicia—. O quizá unas sales volátiles...

—Yo no dije que hubiese algo mejor —replicó el Rey—. Únicamente dije que no había nada como comer —afirmación que desde luego Alicia no se atrevió a contradecir.

—¿Te encontraste con alguien por el camino? —continuó el Rey extendiendo la mano para que el mensajero le diera más heno.

—A nadie —dijo el mensajero.

—Eso cuadra perfectamente —asintió el Rey—, pues esta jovencita también vio a Nadie. Así que, naturalmente, Nadie puede andar más despacio que tú.

—¡Hago lo que puedo! —se defendió el mensajero malhumorado. —¡Estoy seguro de que nadie anda más rápido que yo!

—Eso no puede ser —contradijo el Rey—. Pues de lo contrario habría llegado aquí antes que tú. No obstante, ahora que has recobrado el aliento, puedes decirnos lo que ha pasado en la ciudad.

—Lo diré en voz baja —dijo el mensajero, llevándose las manos a la boca a modo de trompetilla, e inclinándose para hablar en la misma oreja del Rey.

Alicia lo escuchó porque también ella quería enterarse de las noticias. Sin embargo, en vez de cuchichear, el mensajero gritó a todo pulmón:

—¡¡Ya están armándola otra vez!!

—¡¿A eso le llamas hablar en voz baja?! —gritó el Rey dando brincos y sacudiéndose como podía—. ¡Si vuelves a hacer una cosa así haré que te unten de mantequilla! ¡Me ha atravesado de un lado a otro de la cabeza como si hubiese tenido un terremoto dentro!

«Pues habrá tenido que ser un terremoto muy chiquito», pensó Alicia.

—¿Quiénes la están armando otra vez? —se atrevió a preguntar.

—¿Quién va a ser? —dijo el Rey—: el león y el unicornio, por supuesto.

—¿Estarán luchando por la corona?

—¿Pues y por qué va a ser? —respondió el Rey—. Y lo más gracioso del asunto es que la corona no es ni del uno ni del otro, ¡sino que es la mía! ¡Corramos allá a verlos!

Y emprendieron la carrera, mientras, Alicia se acordaba de la letra de una vieja canción:

> *El león y el unicornio*
> *por una corona*
> *siempre sin tregua se batían.*
> *El león al unicornio*
> *por toda la ciudad*
> *una buena paliza le ha dado.*
> *Unos les dieron pan*
> *y otros borona.*
> *Unos les dieron pastel*
> *y otros a tortas,*
> *redoblando tambores,*
> *de la ciudad los echaron.*

—¿Acaso..., el que..., gana..., se lleva la corona? —preguntó Alicia como pudo, pues de tanto correr estaba perdiendo el aliento.

—¡De ninguna manera! —exclamó el Rey—. ¡Dios nos libre!

—¿Querría ser..., tan amable... —bufó Alicia después de correr un rato más— de parar un minuto..., solo para..., recobrar el aliento?

—Tan amable, sí soy —contestó el Rey— solo que fuerte no lo soy tanto. Ya sabes lo veloz que corre un minuto. ¡Intentar pararlo sería como querer alcanzar a un zamarrajo!

A Alicia no le quedaba ya aliento para seguir hablando de forma que continuaron corriendo en silencio, hasta que llegaron a un lugar donde se veía una gran muchedumbre reunida en torno al león y al unicornio mientras luchaban.

Ambos habían levantado una polvareda tal que al principio Alicia no pudo distinguir cuál era cuál; aunque pronto identificó al unicornio por el cuerno que le asomaba.

Se colocaron cerca de donde estaba Hatta, el otro mensajero, que también estaba ahí mirando la pelea, con una taza de té en una mano y una rebanada de pan con mantequilla en la otra.

—Acaba de salir de la cárcel y todavía no había acabado de tomar el té cuando lo encerraron —murmuró Haigha al oído de Alicia—. Y allá dentro solo les dan conchas de ostra para comer..., de manera que está el pobre muy hambriento y sediento. ¿Cómo estás, mi hijito? —continuó dirigiéndose al sombrerero y pasándole el brazo afectuosamente por el cuello.

El sombrerero se volvió y asintió con la cabeza, pero prosiguió ocupado con su té y su pan con mantequilla.

—¿Lo pasaste bien en la cárcel, viejito querido? —le preguntó Haigha.

El sombrerero se volvió de nuevo, pero esta vez unas grandes lágrimas le rodaron por la mejilla; pero de hablar, nada.

—¡A ver si hablas de una vez! —le espetó impacientado Haigha.

Pero el sombrerero continuó mascando tan campante y sorbiendo su té.

—¡A ver si hablas de una vez! —le gritó el Rey. —¿Cómo va esa pelea? El sombrerero hizo un esfuerzo desesperado y logró tragar un trozo bien grande de pan y mantequilla que tenía todavía en la boca.

—Se las están arreglando muy bien los dos —respondió, atragantándose—. Ambos han mordido el polvo unas ochenta y siete veces.

—Entonces, supongo que estarán a punto de traer el pan y la borona —se atrevió a observar Alicia.

—Ahí está esperando a que acaben —dijo el sombrerero—; yo me estoy comiendo un trocito.

Se produjo entonces una pausa en la pelea y el león y el unicornio se sentaron en el suelo, jadeando, lo que aprovechó el Rey para darles una tregua, proclamando a voces:

—¡Diez minutos de refresco!

Haigha y Hatta se pusieron inmediatamente a trabajar pasando bandejas de pan negro y blanco. Alicia se sirvió un poco para probar, pero estaba muy seco.

—No creo que luchen ya más por hoy —le dijo el Rey a Hatta—, así que ve y ordena que empiecen a doblar los tambores.

Y el sombrerero salió dando botes como un saltamontes. Durante un minuto o dos, Alicia se quedó en silencio, contemplando cómo se alejaba. Pero de pronto se llenó de gozo:

—¡Mirad! —exclamó, señalando apresuradamente en aquella dirección—. ¡Por ahí va la Reina blanca corriendo por el campo! Acaba de salir volando del bosque por allá lejos... ¡Vaya lo rápido que pueden volar estas Reinas!

—La perseguirá algún enemigo, sin duda —comentó el Rey sin tan siquiera volverse—. Ese bosque está lleno de ellos.

—Pero... ¿no va a ir corriendo a ayudarla? —preguntó Alicia muy asombrada de que lo tomara con tanta calma.

—No vale la pena; no serviría de nada —se excusó el Rey—. Corre tan rápidamente que sería como intentar agarrar a un zamarrajo. Pero escribiré una nota sobre el caso, si quieres... ¡Es tan buena persona! —comentó en voz baja consigo mismo, mientras abría su cuaderno de notas—. Oye, ¿«buena» se escribe con «b» o con «v»?

En este momento el unicornio se paseó contoneándose cerca de ellos, con las manos en los bolsillos.

—He salido ganando esta vez, ¿no? —le dijo al Rey apenas mirándolo por encima cuando pasaba a su lado.

—Un poco..., un poco... —concedió el Rey algo nerviosamente—. No debiste haberlo atravesado de esa cornada, ¿no te parece?

—No le hizo el menor mal —afirmó el unicornio sin darle importancia, e iba a continuar hablando cuando su vista se topó con Alicia; se volvió en el momento y se quedó ahí pasmado durante algún rato, mirándola con un aire de profunda repugnancia.

—¿Qué es... esto? —dijo al fin.

—Esto es una niña —explicó Haigha de muy buena gana, poniéndose entre ambos para presentarla, para lo que extendió ambas manos en su dirección, en característica actitud anglosajona—. Acabamos de encontrarla hoy. Es de tamaño natural y ¡el doble de espontánea!

—¡Siempre creí que se trataba de un monstruo fabuloso! —exclamó el unicornio—. ¿Está viva?

—Al menos puede hablar —declaró solemnemente Haigha.

El unicornio contempló a Alicia con una mirada soñadora y le dijo:

—Habla, niña.

Alicia no pudo impedir que los labios se le curvaran en una sonrisa mientras empezaba a hablar, diciendo:

—¿Sabe una cosa? Yo también creí siempre que los unicornios eran unos monstruos fabulosos. ¡Nunca había visto uno de verdad!

—Bueno, pues ahora que los dos nos hemos visto el uno al otro —respondió el unicornio—, si tu crees en mí, yo creeré en ti, ¿trato hecho?

—Sí, como guste —contestó Alicia. —¡Hala! ¡A ver si aparece ese pastel de frutas, viejo! —continuó diciendo el unicornio, volviéndose hacia el Rey—. ¡A mí que no me vengan con ese pan negro!

—¡Desde luego..., desde luego! —se apresuró a balbucear el Rey, e hizo una seña a Haigha—. Abre el saco —susurró—. ¡Rápido! ¡Ese no..., no tiene más que heno! Haigha extrajo un gran pastel del saco y se lo dio a Alicia para que se lo tuviera mientras él se ocupaba de sacar una fuente y un cuchillo de trinchar.

Alicia no podía comprender cómo salían tantas cosas del saco.

«Es como si fuera un truco de magia», pensó.

Mientras ocurría todo esto, el león se reunió con ellos: tenía un aspecto muy cansado y somnoliento y hasta se le cerraban un poco los ojos.

—¿Qué es esto? —preguntó, parpadeando indolentemente en dirección a Alicia y hablando en un tono de voz huero y cavernoso que sonaba como si fuese el doblar de una gran campana.

—¡A ver, a ver! ¿A ti qué te parece que es? —exclamó ansiosamente el unicornio—. ¡A que no lo adivinas! ¡Yo desde luego no pude hacerlo!

El león contempló a Alicia exhaustivamente.

—¿Eres animal..., vegetal..., o mineral...?— preguntó, bostezando a cada palabra.

—¡Es un monstruo fabuloso! —gritó el unicornio antes de que Alicia pudiera contestar nada.

—Entonces, pasa ese pastel de frutas, monstruo —repuso el león, tendiéndose en el suelo y apoyando el mentón sobre las patas—. Y sentaos vosotros dos también —dijo al Rey y al unicornio—, ¡a ver si no hacemos trampas con el pastel!

El Rey se sentía evidentemente muy incómodo de tener que sentarse entre las dos grandes bestias; pero no podía sentarse en ningún otro sitio.

—¡Qué pelea podríamos tener ahora por la corona!, ¿eh? —comentó el unicornio mirando de soslayo a la corona, que comenzaba a sacudirse violentamente sobre la cabeza del Rey, de tanto que estaba temblando.

—Ganaría fácilmente —declaró el león.

—¡No estés tan seguro! —replicó el unicornio.

—¡Cómo! ¡Pero si te he perseguido por todo el pueblo y tu siempre corriendo! ¡So gallina! —replicó el león furiosamente, casi poniéndose en pie mientras lo increpaba así.

Al llegar a este punto, el Rey los interrumpió para impedir que empezar de nuevo la pelea; estaba muy nervioso y desde luego le temblaba la voz.

—¿Por todo el pueblo? —preguntó—. Pues no es poca distancia. ¿Fuisteis por el puente viejo o por el mercado? Por el puente viejo es por donde queda la mejor vista.

—Yo sí que no sabría decir por donde fuimos —gruñó el león, echándose otra vez por el suelo—. Había demasiado polvo para ver nada. ¡Cuánto tarda el monstruo en cortar ese pastel!

Alicia se había sentado al borde de un pequeño arroyo con la gran fuente sobre las rodillas y trabajaba diligentemente con el cuchillo.

—¡Pero qué fastidio! —dijo dirigiéndose al león, pues se estaba acostumbrando bastante a que la llamaran «monstruo»—. Ya he cortado varios trozos, pero ¡todos se vuelven a unir otra vez!

—Es que no sabes cómo hacerlo con pasteles del espejo —dijo el unicornio—. Reparte los trozos primero y córtalos después.

Aunque esto le parecía una tontería, Alicia se puso de pie, obedientemente, y pasó la fuente a unos y otros; el pastel se dividió solo en tres partes mientras lo pasaba.

—Ahora, córtalo en trozos —indicó el león cuando hubo vuelto a su sitio con la fuente vacía.

—¡Esto sí que no vale! —exclamó el unicornio mientras Alicia se sentaba con el cuchillo en una mano, muy desconcertada sin saber cómo comenzar—. ¡El monstruo le ha dado al león el doble que a mí!

—Pero en cambio se ha quedado ella sin nada —señaló el león—. ¿No te gusta el pastel de frutas, monstruo?

Pero antes de que Alicia pudiera contestar empezaron los tambores a redoblar. Alicia no acertaba a discernir de dónde procedía tanto ruido, pero el aire parecía henchido de redobles de tambor cuyo ruido estallaba dentro de su cabeza hasta que empezó a ensordecerla del todo. Se puso en pie de un salto y presa de miedo saltó al otro lado del arroyo; tuvo justo el tiempo de ver...

... antes de caer de rodillas y de taparse los oídos tratando en vano de aislarse del tremendo ruido, cómo el león y el unicornio se ponían inesperadamente en pie, mirando furiosos alrededor al ver interrumpida su fiesta.

—¡Si eso no los echa a tamborilazos del pueblo —pensó para sí misma— ya nada lo logrará!

VIII

‹Es de mi propia invención›

Después de un rato, el ruido fue aminorando gradualmente hasta quedar todo en silencio, por lo que Alicia levantó la cabeza, un poco asombrada. No se veía a nadie por ningún lado, de forma que lo primero que pensó fue que debía de haber estado soñando con el león y el unicornio y esos curiosos mensajeros anglosajones.

Sin embargo, ahí continuaba todavía a sus pies la gran fuente sobre la que había estado intentando cortar el pastel.

—Así que, después de todo, no he estado soñando —se dijo a sí misma—. A no ser que fuésemos todos parte del mismo sueño. Únicamente que si así fuera, ¡ojalá que el sueño sea el mío propio y no el del Rey rojo! No me gusta nada pertenecer al sueño de otras personas —continuó diciendo con voz más bien quejica—. Casi estoy dispuesta a ir a despertarlo y ¡a ver qué pasa!

En este momento sus pensamientos se vieron interrumpidos por unos gritos:

—¡Hola! ¡Hola! ¡Jaque! —profería un caballero, bien armado de acero púrpura, que venía galopando hacia ella blandiendo una gran maza.

Justo cuando llegó a donde estaba Alicia, el caballo se detuvo inesperadamente:

—¡Eres mi prisionera! —gritó el caballero, mientras se desplomaba pesadamente del caballo.

A pesar del susto que se había llevado, Alicia estaba en aquel momento más preocupada por él que por sí misma y lo observó con preocupación mientras montaba nuevamente sobre su cabalgadura.

Tan pronto como se hubo instalado cómodamente en su silla, empezó otra vez a gritar:

—¡Eres mi...!

Pero en ese preciso instante otra voz le interrumpieron otros gritos:

—¡Hola! ¡Hola! ¡Jaque!

Y Alicia se volvió, bastante sorprendida, para ver al nuevo enemigo.

Esta vez era el caballero blanco. Cabalgó hasta donde estaba Alicia y al detenerse su montura se desplomó a tierra tan pesadamente como antes lo hubiera hecho el caballero rojo: luego volvió a montar y los dos caballeros se estuvieron mirando desde lo alto de sus cabalgaduras sin decir palabra durante algún rato.

Alicia miraba ahora al uno ahora al otro, bastante asombrada.

—¡Bien claro está que la prisionera es mía! —dijo al fin el caballero rojo.

—¡Sí, pero luego vine yo y la rescaté! —replicó el caballero blanco.

—¡Pues entonces hemos de batirnos por ella! —contestó el caballero rojo, mientras recogía su yelmo (que traía colgado de su silla y que recordaba a la cabeza de un caballo) y se lo ponía.

—Por supuesto, guardaréis las reglas del combate, ¿no? —dijo el caballero blanco mientras se calaba él también su yelmo.

—Siempre lo hago —aseguró el caballero rojo.

Y empezaron ambos a golpearse a mazazos con tanta furia que Alicia se escondió detrás de un árbol para protegerse de los porrazos.

—¿Me pregunto cuáles serán esas reglas del combate? —se dijo mientras contemplaba la batalla, asomando tímidamente la cabeza desde su escondite—. Por lo que veo, una de las reglas parece ser la de que cada vez que un caballero golpea al otro lo derriba de su caballo; pero si no le da, el que cae es él... Y parece que otra de esas reglas es que han de coger sus mazas con ambos brazos, como lo hacen los títeres del guiñol... ¡Y vaya ruido que arman al caer, como si fueran todos los hierros de la chimenea cayendo sobre el guardafuegos! Pero ¡qué quietos que se quedan sus caballos! Los dejan desplomarse y volver a montar sobre ellos como si se tratara de un par de mesas.

Otra de las normas del combate, de la que Alicia no se percató, parecía dictaminar que siempre habían de caer de cabeza; y, en efecto, la contienda terminó al caer ambos de esta manera, uno junto al otro. Cuando se incorporaron, se dieron la mano y el caballero rojo montó sobre su caballo y se alejó galopando.

—¡Una victoria gloriosa! ¿No te parece? —le dijo el caballero blanco a Alicia mientras se acercaba jadeando.

—Pues no sé qué decirle —le contestó Alicia con algunas dudas—. No me gustaría ser la prisionera de nadie; lo que yo quiero es ser una reina.

—Y lo serás; cuando hayas cruzado el siguiente arroyo —le aseguró el caballero blanco—. Te acompañaré, para que llegues segura, hasta la límite del bosque; pero ya sabes que al llegar allá tendré que volverme, pues ahí se acaba mi movimiento.

—Pues muchísimas gracias —dijo Alicia—. ¿Quiere que le ayude a quitarse el yelmo? —era más que evidente que el caballero podía arreglárselas él solo; pero Alicia se las arregló para sacárselo de una sacudida.

—¡Ahora sí que puede uno respirar! —exclamó el caballero alisándose con ambas manos los pelos largos y desordenados de su cabeza y girando la cara amable para mirar a Alicia con sus grandes ojos bondadosos.

Alicia pensó que nunca en toda su vida había visto a un guerrero de tan extraño aspecto. Iba revestido de una armadura de latón que le sentaba bastante mal y llevaba sujeta a la espalda una caja de madera sin pintar de una forma rara, al revés y con la tapa colgando abierta.

Alicia la examinó con mucha curiosidad.

—Veo que te admira mi pequeña caja —observó el caballero con amable tono—. Es de mi propia invención... Para guardar ropa y bocadillos. La llevo boca abajo, como ves, para que no le entre la lluvia dentro.

—Pero es que se le va a caer todo fuera —dijo Alicia con solicitud—. ¿No se ha dado cuenta de que lleva la tapa abierta?

—No lo sabía —respondió el caballero, mientras un gesto de contrariedad le cruzaba la cara—. En ese caso, ¡todas las cosas se deben haber caído! Y ya de nada sirve la caja sin ellas—. Se zafó la caja mientras hablaba y estaba a punto de tirarla entre la maleza cuando se le ocurrió, al parecer, una nueva idea y la colgó, en vez de eso, cuidadosamente de un árbol—. ¿Adivinas por qué lo hago? —le preguntó a Alicia.

Alicia negó con la cabeza.

—Con la esperanza de que unas abejas decidan establecer su colmena ahí dentro... Así conseguiría un poco de miel.

—Pero si ya tiene una colmena..., o algo que se le parece mucho..., colgada ahí de la silla de su caballo —señaló Alicia.

—Sí, es una colmena excelente —explicó el caballero, con voz en la que se reflejaba su descontento—, es de la mejor calidad, pero ni una sola abeja se ha acercado a ella. Y la otra cosa que llevo ahí es una trampa para ratones. Supongo que lo que pasa es que los ratones espantan a las abejas..., o que las abejas espantan a los ratones..., no sé muy bien cuál de los dos tiene la culpa.

—Me estaba precisamente preguntando para qué serviría la trampa para ratones —dijo Alicia—. No es muy probable que haya ratones por el lomo del caballo.

—No será probable, quizá —contestó el caballero—; pero ¿y si viniera alguno? No me gustaría que anduviera correteando por ahí. Verás —continuó diciendo después de una pausa—, lo mejor es estar preparado para todo. Esa es también la razón por la que el caballo lleva esos brazaletes en las patas.

—Pero ¿para qué sirven? —preguntó Alicia con tono de viva curiosidad.

—Pues para protegerlo contra los mordiscos de tiburón —replicó el caballero—. Es un sistema de mi propia invención. Y ahora, ayúdame a montar. Iré contigo hasta la linde del bosque... ¿Para qué es esa fuente que está ahí?

—Es la fuente del pastel —explicó Alicia.

—Será mejor que la llevemos con nosotros —dijo el caballero—. Nos vendrá muy bien si nos topamos con alguna tarta. Ayúdame a meterla en este saco.

Esta labor los entretuvo bastante tiempo, a pesar de que Alicia mantuvo muy abierta la boca del saco, pues el caballero intentaba introducir la fuente tan torpemente que las dos o tres primeras veces que lo intentó se cayó él mismo dentro del saco en vez de la fuente.

—Es que está muy ajustado, como ves —se explicó cuando la consiguieron meter al fin—, y hay tantos candelabros dentro... —y diciendo esto la colgó de la montura, que estaba ya cargada de manojos de zanahorias, hierros de chimenea y otras muchas cosas más—. Espero que lleves el pelo bien asegurado —continuó diciendo una vez que empezaron a marchar.

—Pues así así, como todos los días —respondió Alicia sonriendo.

—Eso no basta —dijo con ansiedad el caballero—. Verás, el viento sopla tan fuertemente por aquí... Es tan espeso que parece sopa.

—¿Y no ha inventado un sistema para impedir que el viento se le lleve el pelo? —dijo Alicia.

—Aún no —replicó el caballero—. Pero sí que tengo un sistema para impedir que se me caiga.

—¡Ah! Pues me interesaría mucho conocerlo.

—Verás: primero se toma un palo bien recto —explicó el caballero—, luego haces que el pelo vaya subiendo por el palo, como se hace con los frutales. Ahora bien, la razón por la que el pelo se cae es porque cuelga hacia abajo..., y ya sabes que nada se puede caer hacia arriba, conque... Es un sistema de mi propia invención. Puedes probarlo si quieres.

No sonaba demasiado cómodo el sistema, pensó Alicia, y durante algunos minutos caminó en silencio, sopesando la idea y deteniéndose cada dos por tres para auxiliar al pobre caballero, que ciertamente no era un buen jinete.

Cada vez que se detenía el caballo, algo que sucedía muy a menudo, se caía por delante; y cada vez que el caballo arrancaba de nuevo, lo que generalmente hacía de manera bastante repentina, se caía por la grupa. Por lo demás, se las arreglaba bastante bien, salvo por el vicio que tenía de caerse por uno u otro lado del caballo de vez en cuando; y como le daba por hacerlo generalmente por el lado por el que Alicia iba caminando, muy pronto esta se dio cuenta de que lo mejor era no ir andando demasiado cerca del caballero.

—Me temo que no ha tenido usted ocasión de ejercitarse montando a caballo —se aventuró a decir, mientras le auxiliaba después de su quinta y aparatosa caída.

Al oír esto, el caballero puso una cara de considerable asombro y quedó un poco ofendido.

—¿Y por qué se te ocurre decirme eso ahora? —preguntó mientras se encaramaba nuevamente sobre su montura, agarrándose de los pelos de Alicia con una mano para no desplomarse por el otro lado.

—Porque la gente no se cae con tanta frecuencia del caballo cuando tiene práctica.

—Pues yo tengo práctica más que suficiente —declaró gravemente el caballero—. ¡Más que suficiente!

A Alicia no se le ocurrió otra cosa mejor que decir a esto que:

—¿De verdad? —aunque lo dijo tan cordialmente como pudo.

Después de esto, continuaron avanzando en silencio durante algún rato, el caballero con los ojos cerrados mascullando cosas ininteligibles y Alicia esperando la siguiente caída.

—El gran arte de la equitación —empezó a declamar de golpe el caballero, bien alto y balanceando el brazo derecho mientras hablaba— estriba en mantenerse... —pero aquí la frase se detuvo tan inopinadamente como había comenzado, pues el caballero cayó pesadamente de cabeza precisamente en medio del camino por el que iba caminando Alicia.

Esta vez se asustó de verdad y, por ello, mientras lo levantaba, le dijo con voz inquieta:

—Espero que no se haya roto ningún hueso.

—Ninguno que valga la pena mencionar —repuso el caballero, como si no le importara quebrarse dos o tres—.

El gran arte de la equitación, como estaba diciendo, estriba en mantenerse adecuadamente en equilibrio. De esta manera...

Dejó caer las riendas y extendió ambos brazos para mostrarle a Alicia lo que quería decir. Y esta vez se cayó cual largo era y de espaldas bajo las patas del caballo.

—¡Práctica más que suficiente! —continuaba repitiendo todo el tiempo, mientras Alicia le ayudaba a ponerse en pie—. ¡Práctica más que suficiente!

—¡Esto ya pasa de la raya! —gritó Alicia perdiendo esta vez toda la paciencia—. ¡Lo que usted debiera de tener es un caballo de madera con ruedas! ¡Eso es lo que necesita usted!

—¿Es que ese género equino cabalga con suavidad? —le preguntó el caballero con un tono que revelaba su gran interés; y se agarró firmemente al cuello de su caballo justo a tiempo para salvarse de una nueva y ridícula caída.

—¡Mucho más suavemente que un caballo de carne y hueso! —exclamó Alicia dando un pequeño grito de la risa que le estaba dando todo ello, a pesar de los esfuerzos que hacia por contenerla.

—Voy a conseguirme uno —se dijo pensativo el caballero— uno o dos..., ¡varios!

Después de esto, se produjo un corto silencio y luego el caballero rompió de nuevo a hablar.

—Tengo un considerable talento para inventar cosas. Y no sé si habrás observado que la última vez que me levantaste del suelo estaba así como algo preocupado...

—Desde luego, me pareció que había puesto una cara bastante seria —aseguró Alicia.

—Bueno, es que precisamente entonces estaba inventando una nueva manera para pasar por encima de una cerca... ¿Te gustaría saber cómo?

—Me gustaría muchísimo —asintió cortésmente Alicia.

—Te diré cómo se me ocurrió la idea —dijo el caballero—. Verás, me dije a mi mismo: «La única dificultad está en los pies, pues la cabeza ya está de por sí por encima». Así pues, primero coloco la cabeza por encima de la cerca... y así queda asegurada esta a suficiente altura... Y luego me pongo cabeza abajo... y entonces son los pies los que quedan a suficiente altura, como verás... y de esta manera, ¡paso la cerca! ¿Comprendes?

—Sí, supongo que lograría pasar la cerca después de esa operación —asintió Alicia pensativamente—. Pero ¿no cree usted que resulta algo difícil de ejecutar?

—No lo he probado todavía —declaró con gravedad el caballero—. Así que no puedo asegurarlo... Pero me temo que algo difícil sí sería.

El darse cuenta de esto pareció molestarle tanto que Alicia se decidió a cambiar rápidamente de tema.

—¡Qué curioso yelmo el suyo! —dijo, prodigando alegría—. ¿Es también de su invención?

El caballero posó orgullosamente la vista sobre su yelmo, que llevaba colgado de la silla.

—Sí —asintió—, pero he inventado otro mejor todavía que este... Uno en forma de pan de azúcar. Con aquel yelmo puesto, si caía del caballo, daba inmediatamente con el suelo puesto que en realidad caía a una distancia muy corta, ¿comprendes? Claro que siempre existía el peligro de caer dentro de él, desde luego... Eso me sucedió una vez... y lo peor del caso fue que antes de que pudiera salir de nuevo, llegó el otro caballero blanco y se lo puso creyendo que era el suyo.

El caballero describía esta escena con tanta seriedad que Alicia no se atrevió a reír.

—Me temo que le habrá usted hecho daño —comentó con voz que le temblaba de la risa contenida— estando usted con todo su peso encima de su cabeza.

—Tuve que darle una patada, por supuesto —explicó el caballero con la misma seriedad—. Y entonces se quitó el yelmo..., pero pasaron horas y horas antes de que pudiera salir de ahí dentro. ¡Estaba yo tan apremiado que no había quien me sacara de ahí!

—Me parece que lo que usted quiere decir es que estaba muy «apretado» —objetó Alicia.

—Mira, ¡apremiado por todas partes! —insistía el caballero—. ¡Te lo aseguro!

Levantó las manos, sacudiendo la cabeza, al decir esto, bastante exaltado, y al instante rodó por tierra, acabando de cabeza en una profunda zanja. Alicia corrió al borde de la cuneta para intentar ayudarle. La caída le había pillado por sorpresa pues el caballero llevaba un buen rato manteniéndose bastante bien sobre su caballo y, además, temía que esta vez sí se hubiese hecho daño de verdad.

Sin embargo, y aunque solo podía verle la planta de los pies, se quedó muy aliviada al oír que decía en su tono usual de voz:

—Apremiado por todas partes —repetía—, pero fue un descuido por su parte ponerse el yelmo de otro... ¡Y con el otro dentro además!

—¿Cómo puede usted estar ahí hablando tan tranquilo boca abajo como si nada? —preguntó Alicia mientras lo sacaba por los pies y lo ayudaba a apoyarse junto a un montoncito de tierra al borde de la zanja.

El caballero pareció quedar muy sorprendido por la pregunta.

—Y ¿qué más da donde esté mi cuerpo? —dijo—. Mi cabeza sigue trabajando todo el tiempo. De hecho, he comprobado que cuanto más baja tenga la cabeza, más invenciones se me van ocurriendo. Ahora, que la vez que mejor lo hice —continuó después de una pausa— fue cuando inventé un budín mientras comíamos el plato de carne.

—¿Y dio tiempo para que se lo sirvieran al siguiente plato? —supuso Alicia—. ¡Eso sí que se llama pensar rápido!

—Bueno, no fue el siguiente plato —dijo el caballero lenta y pensativamente—. No, desde luego no lo sirvieron después del otro.

—Entonces, ¿lo servirían al día siguiente?, porque supongo que no iban a comer dos budines en la misma cena.

—Bueno, tampoco apareció al día siguiente —repitió el caballero igual que antes—. Tampoco al otro día. En realidad —continuó agachando la cabeza y bajando cada vez más la voz—, no creo que ese budín haya sido cocinado nunca. En realidad, ¡no creo que ese budín sea cocinado jamás! Y, sin embargo, como budín, ¡qué invento más extraordinario!

—A ver, ¿de qué estaba hecho ese budín, según su invento? —preguntó Alicia, con la esperanza de animarlo un poco, pues al pobre caballero parecía que aquello le estaba deprimiendo bastante.

—Para empezar, de papel secante —contestó el caballero dando un gemido.

—Me temo que eso no quedaría demasiado bien...

—No quedaría bien así solo —interrumpió con bastante ansiedad—, pero, ¡no tienes idea de cómo cambia al mezclarlo con otras cosas!... Tales como pólvora y pasta de lacrar. Pero tengo que dejarte aquí —terminó, puesto que acababan de llegar al lindero del bosque.

A Alicia se le reflejaba la sorpresa en la cara: no podía menos de pensar en ese budín.

—Estás triste —dijo el caballero con voz inquieta—, déjame que te cante una canción que te alegre.

—¿Es muy larga? —preguntó Alicia, pues había oído demasiada poesía aquel día.

—Es larga —confesó el caballero—, ¡pero es tan tan hermosa! Todo el que me la ha oído cantar... o se le han saltado las lágrimas o si no...

—¿O si no qué? —insistió Alicia pues el caballero se había quedado cortado de golpe.

—O si no, no se les ha saltado nada, esa es la verdad. La canción la llaman «Ojos de bacalao».

—¡Ah! ¿Con que ese es el nombre de la canción, eh? —dijo Alicia, intentando dar la impresión de que estaba interesada.

—No, no comprendes —corrigió el caballero, con no poca contrariedad—. Así es como la llaman, pero su nombre en realidad es «Un anciano viejo viejo».

—Entonces, ¿debo decir que así es como se llama la canción? —se corrigió a su vez Alicia.

—No, tampoco. ¡Eso ya es otra cosa! La canción se llama «De esto y de aquello», pero es solo como se llama, ya sabes...

—Bueno, pues entonces, ¿cuál es esa canción? —pidió Alicia, que estaba ya completamente desconcertada.

—A eso iba —respondió el caballero—. En realidad, la canción no es otra que «Posado sobre una cerca» y la música es de mi propia invención.

Y hablando de esto, detuvo su caballo y dejó que las riendas cayeran sueltas por su cuello. Luego empezó a cantar, marcando el tiempo lentamente con una mano, una débil sonrisa iluminando la cara bobalicona, como si estuviera gozando con la música de su propia canción.

De todas las cosas extrañas que Alicia vio durante su viaje a través del espejo, esta fue la que recordaba luego con mayor claridad. Años más tarde podía todavía revivir toda aquella escena de nuevo, como si hubiera ocurrido solo el día anterior... Los suaves ojos azules y la cara bondadosa del caballero..., los rayos del sol poniente brillando por entre sus pelos venerables y destellando sobre su armadura, con un fulgor que llegaba a deslumbrarla..., el caballo moviéndose tranquilo de aquí para allá, las riendas colgando del cuello, paciendo la hierba a sus pies..., y las sombras oscuras del bosque al fondo... Todo ello se le grabó a Alicia en la mente como si fuera un cuadro, mientras se recostaba contra un árbol protegiéndose con la mano los ojos del sol y observaba a aquella extraña pareja, oyendo medio en sueños la melancólica música de esa canción.

—Únicamente que la música no es uno de sus inventos —se dijo Alicia—. Es «Te doy cuanto poseo que ya más no puedo».

Se quedó callada oyendo con la mayor atención, pero no se le asomaba ninguna lágrima a los ojos.

Te contaré todo cuanto pueda:
Poco me queda por narrar.
Una vez vi a un anciano viejo viejo
asoleándose sobre una cerca.
—¿Quién eres, anciano? —díjele—,

y ¿qué haces para vivir?
Su respuesta se coló por mi mente
como el agua por un tamiz.

Díjome: —Cazo las mariposas
que duermen por el trigo trigo.
Con ellas me cocino
unos buenos pastelillos
de cordero que luego vendo
por las calles.
Me los compran esos hombres
—continuó— que navegan
por los procelosos mares.
Y así consigo el pan de cada día.
Y ahora, tenga la bondad, la voluntad...

Pero yo estaba meditando
un plan para teñirme de verde los bigotes,
empleando luego un abanico
tan grande que ya nadie me los pudiera ver.
Así pues y no sabiendo
qué replicar a lo que el viejo me decía gritele:
—¡Vamos! ¡Dime de qué vives!
Con un buen golpe a la cabeza.

Con su bondadosa voz,
reanudó la narración.
Díjome: —Me paseo por ahí
y cuando topo con un arroyo

lo echo a arder en la montaña.
Con eso fabrican aquel espléndido
producto que llaman aceite de Macasar...
Sin embargo, dos reales y una perra
es todo lo que me dan por mi labor.

Pero yo estaba meditando
la manera de alimentarme a base de manteca
para ir así engordando un poco cada día.
Entonces, le di un fuerte vapuleo,
hasta que se le puso la cara bien morada.

—¡Vamos! ¡Dime cómo vives! —le grité—.
¡Y a qué profesión te dedicas!

Díjome: —Cazo ojos de bacalao
por entre las zarzas y las jaras.
Con ellos labro, en el silencio de la noche,
hermosos botones de chaleco.
Y cata que a estos no los vendo
ni por oro ni por plata;
sino tan solo por una perra
¡Y por una te llevas diez!

A veces cavo bollos de mantecón
o pesco cangrejos con vareta de gorrión.
A veces busco por los riscos
a ver si encuentro alguna rueda de simón.
Y de esta manera
—concluyó pícaro dando un guiño—
es como amaso mi fortuna...
Ahora me sentiría muy honrado bebiendo
un trago a la salud de vuestra merced.

Entonces sí que lo oí,
pues en mi mente maduraba
mi gran proyecto de cómo salvar del óxido
al puente del Menai
recociéndolo bien en buen vino.
Así que mucho le agradecí la bondad
de contarme el método de su fortuna,

pero mayormente, por su noble deseo
de beber a la salud de mi ilustre persona.

Y así, cuando ahora por casualidad
se me pegan los dedos en la cola;
o me empeño en calzarme salvajemente
el pie derecho en el zapato izquierdo
o cuando sobre los deditos del pie
me cae algún objeto bien pesado,
lloro porque me acuerdo tanto
de aquel anciano que otrora conociera...

De mirada bondadosa y pausado hablar...
Los cabellos más canos que la nieve...
La cara como la de un cuervo,
los ojos encendidos como carbones.
Aquel que parecía anonadado por su desgracia
y mecía su cuerpo consolándose...
Susurrando murmullos y bisbiseos,
como si tuviera la boca llena de pastas,
y que resoplaba como un búfalo...,
aquella tarde apacible de antaño...,
asoleándose sentado sobre una cerca.

Al llegar a las últimas palabras de la canción, el caballero recogió las riendas de su corcel dispuesto a volver por el camino por donde habían venido.

—Solo te quedan unos metros más —dijo—. Bajando por la colina y cruzando el arroyo aquel, entonces serás una reina... Pero antes te quedarás un poco aquí para decirme adiós, ¿no? —añadió al ver que Alicia volvía la cabeza muy ansiosa en la dirección que le indicaba—. No tardaré mucho. ¡Podrías esperar aquí y agitar el pañuelo cuando llegue a aquella curva! Es que, ¿comprendes?, eso me animaría un poco.

—Pues claro que esperaré —le aseguró Alicia— y muchas gracias por venir conmigo hasta aquí, tan lejos..., y por la canción..., me gustó mucho...

—Espero que sí —dijo el caballero con algunas dudas—. No lloraste tanto como había imaginado.

Y diciendo esto se dieron la mano y el caballero se alejó pausadamente por el bosque.

—No tardaré mucho en verlo despedido, supongo —se dijo Alicia mientras le seguía con la vista—. ¡Ahí va! ¡De cabeza, como de costumbre! Pero parece que vuelve a montar con bastante facilidad..., eso gana con colgar tantas cosas de la silla... —y así continuó hablando consigo misma mientras observaba cómo iba cayendo de un lado y del otro a medida que el caballo seguía cómodamente al paso.

Después de la cuarta o quinta caída llegó a la curva y entonces Alicia agitó el pañuelo en el aire y esperó hasta que se perdió de vista.

—Ojalá que eso lo animara —dijo, al mismo tiempo que se volvía y empezaba a correr cuesta abajo—. Y ahora, ¡a por ese arroyo y a convertirme en reina! ¡Qué bien suena eso! —y unos cuantos pasos más la llevaron a la linde del bosque—. ¡La octava casilla al fin! —exclamó dando un salto para salvar el arroyo y caer de bruces...

... sobre una pradera tan suave como si fuese de musgo, con pequeños macizos de flores diseminados por aquí y por allá.

—¡Ay! ¡Y qué contenta estoy de estar aquí! Pero ¿qué es esto que tengo sobre la cabeza? —exclamó con gran desconsuelo cuando palpándose la cabeza con las manos se encontró con algo muy pesado que le ceñía estrechamente toda la testa—. Pero ¿cómo se me ha puesto esto encima sin que yo me haya enterado? —se dijo mientras se quitaba el pesado objeto y lo posaba sobre su regazo para averiguar de qué se trataba.

Era una corona de oro.

IX

Alicia Reina

—¡Vaya! ¡Esto sí que es curioso! —exclamó Alicia—. Nunca pensé que llegaría a ser una reina tan pronto... Y ahora le diré lo que pasa, Majestad —continuó con severo tono, siempre le había gustado bastante regañarse a sí misma—. Simplemente, ¡qué no puede ser esto de andar rodando por la hierba así sin más! ¡Las reinas, ya se sabe, han de guardar su dignidad!

Se puso en pie y se paseó un poco... Algo tiesa al principio, pues tenía miedo de que se le fuera a caer la corona;

pero pronto se animó pensando que después de todo no había nadie que la viera.

—Y si de verdad soy una reina —dijo mientras se sentaba de nuevo—, ya me iré acostumbrando con el tiempo.

Todo estaba sucediendo de forma tan poco habitual que no se sintió nada sorprendida al encontrarse con que la Reina roja y la Reina blanca estaban ambas sentadas, una a cada lado, junto a ella. Tenía muchas ganas de preguntarles cómo habían llegado hasta ahí, pero tenía miedo de que eso no fuese lo más adecuado.

«Pero, en cambio —pensó—, no veo nada malo en preguntarles si se ha acabado ya la partida.»

—Por favor, ¿querría decirme si... —empezó en voz alta, mirando algo cohibida a la Reina roja.

—¡No hables hasta que alguien te dirija la palabra! —la interrumpió bruscamente la Reina.

—Pero si todo el mundo siguiera esa regla —objetó Alicia que estaba siempre dispuesta a discutir un poco— y si usted solo hablara cuando alguien le hablase, y si la otra persona estuviera siempre esperando a que usted empezara a hablar primero, ya ve: nadie diría nunca nada, de forma que...

—¡Ridículo! —gritó la Reina—. ¡Niña! ¡Es que no ves que...? —pero dejó de hablar, frunciendo las cejas y después de pensar un poco, cambió inesperadamente el tema de la conversación—. ¿Qué has querido decir con eso de que «si de verdad eres una reina»? ¿Con qué derecho te atribuyes ese título? ¿Es que no sabes que hasta que no pases el consabido examen no puedes ser reina? Y cuanto antes empecemos, ¡mejor para todos!

—Pero si yo solo dije que «si fuera»... —se excusó Alicia.

Las dos reinas se miraron y la roja observó con un respingo:

—Dice que solo dijo que «si fuera»...

—¡Pero si ha dicho mucho más que eso! —gimió la Reina blanca, retorciéndose las manos—. ¡Ay! ¡Tanto, tanto más que eso!

—Así es; ya lo sabes —le dijo la Reina roja a Alicia—. Di siempre la verdad..., piensa antes de hablar..., no dejes de anotarlo todo siempre después.

—Estoy convencida de que nunca quise darle un sentido... —empezó a responder Alicia; pero la Reina roja la interrumpió impacientemente.

—¡Eso es precisamente de lo que me estoy quejando! ¡Debiste haberle dado algún sentido! ¿De qué sirve una criatura que no tiene sentido? Si hasta los chistes tienen su sentido..., y una niña es más importante que un chiste, supongo, ¿no? Eso sí que no podrás negarlo, ni aunque lo intentes con ambas manos.

—Nunca niego nada con las manos —protestó molesta Alicia.

—Nadie ha dicho que lo hicieras —replicó la Reina roja—. Dije que no podrías hacerlo ni aunque quisieras.

—Parece que le ha dado por ahí —comentó la Reina blanca—. Le ha dado por ponerse a negarlo todo..., solo que no sabe por dónde comenzar.

—¡Un carácter desagradable y desabrido! —observó la Reina roja; y se quedaron las tres durante un minuto o dos sumidas en incómodo silencio.

La Reina roja rompió el silencio diciéndole a la blanca:

—Te invito al banquete que dará Alicia esta tarde.

La Reina blanca le devolvió una sonrisa desvalida y le contestó:

—Y yo te invito a ti.

—Es la primera noticia que tengo de que vaya yo a dar una fiesta —intercedió Alicia—, pero si va a haber una, me parece que soy yo la que debe de invitar a la gente.

—Ya te dimos la oportunidad de hacerlo —observó la Reina roja—, pero mucho me temo que no te han dado todavía bastantes lecciones de buenos modales.

—Los buenos modales no se aprenden en las lecciones —corrigió Alicia—. Lo que se enseña en las lecciones es a sumar y cosas por el estilo.

—¿Sabes sumar? —le preguntó la Reina blanca—. ¿Cuánto es uno y uno y uno y uno y uno y uno y uno y uno?

—No sé —dijo Alicia—; he perdido la cuenta.

—No sabe sumar —interrumpió la Reina roja—. ¿Sabes restar? ¿Cuánto es ocho menos nueve?

—Restarle nueve a ocho no puede ser, ya sabe —replicó Alicia vivamente—, pero en cambio...

—Tampoco sabe restar —concluyó la Reina blanca—. ¿Sabes dividir? Divide un pan con un cuchillo... ¡a ver si sabes contestar a eso!

—Supongo que... —estaba empezando a decir Alicia.

Pero la Reina roja contestó por ella:

—Pan y mantequilla, por supuesto. Prueba hacer otra resta: quítale un hueso a un perro y ¿qué queda?

Alicia consideró el problema:

—Desde luego el hueso no va a quedar si se lo quito al perro..., pero el perro tampoco se quedaría ahí si se lo quito; vendría a morderme... Y en ese caso, ¡estoy segura de que yo tampoco me quedaría!

—Entonces, según tú, ¿no quedaría nada? —insistió la Reina roja.

—Creo que esa es la contestación.

—Equivocada, como de costumbre —concluyó la Reina roja—. Quedaría la paciencia del perro.

—Pero no veo cómo...

—¿Que cómo? ¡Pues así! —gritó la Reina roja—. El perro perdería la paciencia, ¿no es verdad?

—Puede que sí —replicó Alicia con cautela.

—Entonces si el perro se va, ¡tendría que quedar ahí la paciencia que perdió! —exclamó triunfalmente la Reina roja.

Alicia se opuso con la mayor seriedad que pudo:

—Pudiera ocurrir que ambos fueran por caminos distintos.

Sin embargo, no pudo remediar el pensar para sus adentros: «Pero ¡qué sarta de tonterías que estamos diciendo!».

—¡No tiene ni idea de matemáticas! —sentenciaron con fuerza ambas reinas a la vez.

—¿Sabe usted sumar acaso? —dijo Alicia, volviéndose inesperadamente hacia la Reina blanca, pues no le gustaba nada tanta crítica.

A la Reina se le cortó la respiración y cerró los ojos:

—Sé sumar —aclaró— si me das el tiempo suficiente... Pero no sé restar de ninguna manera.

—¿Supongo que sabrás el abecé? —intimó la Reina roja.

—¡Pues no faltaba más! —respondió Alicia.

—Yo también —le susurró la Reina blanca al oído—: lo repasaremos juntas, querida; y te diré un secreto... ¡Sé leer palabras de una letra! ¿No te parece estupendo? Pero en todo caso, no te desanimes, que también llegarás tú a hacerlo con el tiempo.

Al llegar a este punto, la Reina roja empezó de nuevo a examinar:

—¿Sabes responder a preguntas prácticas? ¿Cómo se hace el pan?

—¡Eso sí que lo sé! —gritó Alicia muy excitada—. Se toma un poco de harina...

—¡Qué barbaridad! ¡Cómo vas a beber harina! —se horrorizó la Reina blanca.

—Bueno, no quise decir que se beba, sino que se toma así con la mano, después de haber molido el grano...

—¡No sé por qué va a ser un gramo y no una tonelada! —siguió objetando la Reina blanca—. No debieras dejar tantas cosas sin aclarar.

—¡Abanícale la cabeza! —interrumpió muy apurada la Reina roja—. Debe de tener ya una buena calentura de tanto pensar.

Y las dos se pusieron manos a la obra abanicándola con manojos de hojas, hasta que Alicia tuvo que rogarles que dejaran de hacerlo, la despeinaban.

—Ya se encuentra mejor —diagnosticó la Reina roja—. ¿Has aprendido idiomas? ¿Cómo se dice tururú en francés?

—Tururú no es una palabra castellana —replicó Alicia con un mohín de seriedad.

—¿Y quién dijo que lo fuera? —replicó la Reina roja.

Alicia pensó que esta vez sí que se iba a salir con la suya.

—Si me dice a qué idioma pertenece esa palabra, ¡le diré lo que quiere decir en francés! —exclamó triunfante.

Pero la Reina roja se irguió con cierta dignidad y le contestó:

—Las reinas nunca hacen tratos.

«¡Ojalá tampoco hicieran preguntas!», pensó Alicia para sus adentros.

—¡No nos peleemos! —intercedió la Reina blanca un tanto apurada—. ¿Cuál es la causa del relámpago?

—Lo que causa al relámpago —pronunció Alicia muy decidida, porque esta vez sí que estaba convencida de que sabía la respuesta— es el trueno... ¡Ay, no, no! —se corrigió apresuradamente—. ¡Quise decir al revés!

—¡Demasiado tarde para corregirlo! —sentenció la Reina roja—. Una vez que se dice algo, ¡dicho está! Y a cargar con las consecuencias...

—Lo que me recuerda... —dijo la Reina blanca mirando hacia el suelo y juntando y separando las manos nerviosamente—. ¡La de truenos y relámpagos que hubo durante la tormenta del último martes...! Bueno, de la última tanda de martes que tuvimos, se comprende.

Esto desconcertó a Alicia.

—En nuestro país —observó— no hay más que un día a la vez.

La Reina roja dijo:

—¡Pues vaya manera más mezquina y ramplona de hacer las cosas! En cambio aquí, casi siempre acumulamos los días y las noches; y a veces en invierno nos echamos al coleto hasta cinco noches seguidas, ya te podrás imaginar que para aprovechar mejor el calor.

—¿Es que cinco noches son más templadas que una? —se atrevió a preguntar Alicia.

—Cinco veces más templadas, pues claro.

—Pero, por la misma razón, debieran de ser cinco veces más frías...

—¡Así es! ¡Tú lo has dicho! —gritó la Reina roja—. Cinco veces más templadas y cinco veces más frías... De la misma manera que yo soy cinco veces más rica que tú y cinco veces más lista.

Alicia se dio por vencida, suspirando. «Es igual que una adivinanza sin solución», pensó.

—Humpty Dumpty también la vio —continuó la Reina blanca con voz grave, más como si hablara consigo misma que otra cosa—. Se acercó a la puerta con un sacacorchos en la mano.

—Y ¿qué es lo que quería? —preguntó la Reina roja.

—Dijo que iba a entrar como fuera —explicó la Reina blanca— porque estaba buscando a un hipopótamo. Ahora que lo que ocurrió es que aquella mañana no había nada que se le pareciese por la casa.

—Y ¿es que sí suele haberlos, por lo general? —preguntó Alicia muy asombrada.

—Bueno, solo los jueves —replicó la Reina blanca.

—Yo sí sé a lo que iba Humpty Dumpty —afirmó Alicia—. Lo que quería era castigar a los peces, porque...

Pero la Reina blanca reanudó en ese momento su narración.

—¡Qué de truenos y de relámpagos! ¡Es que no sabéis lo que fue aquello!

—Ella es la que nunca sabe nada, por supuesto —interceptó la Reina roja.

—Y se desprendió parte del techo y por allí ¡se colaron una de truenos...! ¡Y se pusieron a rodar por todas partes como piedras de molino..., tumbando mesas y revolviéndolo todo..., hasta que me asusté tanto que no me acordaba ni de mi propio nombre!

Alicia se dijo a sí misma:

—¡A mí desde luego no se me habría ocurrido ni siquiera intentar recordar mi nombre en medio de un accidente tal!

¿De qué me habría servido lograrlo! —pero no lo dijo en voz alta por no herir los sentimientos de la pobre reina.

—Su Majestad ha de excusarla —le dijo la Reina roja a Alicia, tomando una de las manos de la Reina blanca entre las suyas y acariciándosela ligeramente—. Tiene buenas intenciones, pero por lo general no puede evitar que se le escapen algunas tonterías.

La Reina blanca miró tímidamente a Alicia, que sintió que tenía que decirle algo amable; pero la verdad es que en aquel momento no se le ocurría nada.

—Lo que pasa es que nunca la educaron como es debido —continuó la Reina roja—. Pero el buen carácter que tiene es algo que asombra. ¡Dale palmaditas en la cabeza y verás cómo le gusta!

Pero esto era algo más de lo que Alicia se habría atrevido.

—Un poco de cariño... y unos tirabuzones en el pelo... es todo lo que está pidiendo.

La Reina blanca dio un profundo suspiro y recostó la cabeza sobre el hombro de Alicia.

—Tengo tanto sueño —dijo.

—¡Está cansada, pobrecita ella! —se compadeció la Reina roja—. Alísale el pelo..., préstale tu gorro de dormir..., y arrúllala con una buena canción de cuna.

—No llevo gorro de dormir que prestarle —dijo Alicia intentando obedecer la primera de sus indicaciones —y tampoco sé ninguna buena canción de cuna con qué arrullarla.

—Lo tendré que hacer yo, entonces —dijo la Reina roja, y empezó:

Duérmete mi Reina
sobre el regazo de tu Alicia.
Haz que esté lista la merienda
tendremos tiempo para una siesta.
Y cuando se acabe la fiesta
nos iremos todas a bailar:
La Reina blanca, la Reina roja,
Alicia y todas las demás.

—Y ahora que ya sabes la letra —añadió recostando la cabeza sobre el otro hombro de Alicia—, no tienes más que cantármela a mí; que también me está entrando el sueño—. Un momento después, ambas reinas se quedaron completamente dormidas, roncando fuertemente.

—Y ahora, ¿qué hago? —exclamó Alicia, mirando a uno y a otro lado, llena de perplejidad a medida que primero una redonda cabeza y luego la otra rodaban desde su hombro y caían sobre su regazo como un pesado bulto.

—¡No creo que nunca haya sucedido antes que una tuviera que ocuparse de dos reinas dormidas a la vez! ¡No, no, de ninguna manera, nunca en toda la historia de Inglaterra! Bueno, eso ya sé que nunca ha podido ser porque nunca ha habido dos reinas a la vez. ¡A despertar, pesadas! —continuó diciendo con franca impaciencia; pero por toda respuesta no recibió más que unos amables ronquidos.

Los ronquidos se fueron haciendo cada minuto más distintos y empezaron a sonar más bien como una canción. Por último, Alicia creyó incluso que podía percibir hasta la letra y se puso a escuchar con tanta atención que cuando las dos grandes cabezas se desvanecieron inesperadamente de su regazo apenas sí se dio cuenta.

Se encontró frente al arco de una puerta sobre la que estaba escrito: «REINA ALICIA», en grandes caracteres; y a cada lado del arco se veía el puño de una campanilla. Bajo una de ellas estaba escrito «Campanilla de visitas» y bajo el otro «Campanilla de servicio».

«Esperaré a que termine la canción —pensó Alicia— y luego sonaré la campanilla de…, de…, ¿pero cuál de las dos? —continuó muy desconcertada por ambos carteles—. No soy una visita y tampoco soy del servicio. En realidad lo que pasa es que debiera de haber otro que dijera «Campanilla de la reina».

Justo entonces la puerta se entreabrió un poco y una criatura con un largo pico asomó la cabeza un momento, solo para decir:

—¡No se admite a nadie hasta la semana después de la próxima! —y desapareció luego dando un portazo.

Durante largo rato Alicia estuvo aporreando la puerta y haciendo sonar ambas campanillas, pero en vano. Por último, una vieja rana que estaba sentada bajo un árbol se puso en pie y se acercó lentamente, renqueando, hacia donde estaba.

Llevaba un traje de brillante amarillo y se había calzado unas botas enormes.

—Y ahora, ¿qué pasa? —le preguntó la rana con voz aguardentosa.

Alicia se giró dispuesta a quejarse de todo el mundo.

—¿Dónde está el criado que debe responder a la puerta? —empezó a rezongar enojada.

—¿Qué puerta? —preguntó lentamente la rana. Alicia dio una patada de rabia en el suelo, le irritaba la manera en que la rana arrastraba las palabras—. ¡Esta puerta, pues claro!

La rana contempló la puerta durante un minuto con sus grandes e inexpresivos ojos; después se acercó y la estuvo frotando un poco con el pulgar como para ver si se le estaba desprendiendo la pintura; entonces miró a Alicia.

—¿Responder a la puerta? —dijo—. ¿Y qué e' lo que la ha estao preguntando?

Estaba tan ronca que Alicia apenas podía oír lo que decía.

—No sé qué es lo que quiere decir —dijo.

—¡Ahí va! ¿Y no le e'toy halando en cri'tiano? —replicó la rana—. ¿O e' que se ha quedao sorda? ¿Qué e' lo que la ha e'tao preguntando?

—¡Nada! —respondió Alicia impacientemente—. ¡La he estado aporreando!

—Ezo e'tá muy mal..., ezo e'tá muy mal... —masculló la rana—. Ahora se no' ha enfadao.

Entonces se acercó a la puerta y le propinó una fuerte patada con uno de sus grandes pies.

—U'té, ándele y déjela en paz —jadeó mientras cojeaba de vuelta hacia su árbol— y ya verá como ella la deja en paz a u'té.

En este momento, la puerta se abrió de par en par y se oyó una voz que cantaba estridentemente:

> *Al mundo del espejo Alicia le decía:*
> *¡En la mano llevo el cetro*
> *y sobre la cabeza la corona!*
> *¡Vengan a mí las criaturas del espejo,*
> *sean ellas las que fueren!*
> *¡Vengan y coman todas conmigo,*
> *con la Reina roja y la Reina blanca!*

Y cientos de voces se unieron entonces coreando:

> *¡Llenad las copas hasta rebosar!*
> *¡Adornad las mesas de botones y salvado!*
> *¡Poned gatos en el café y ratones en el té!*
> *¡Y brindemos por la Reina Alicia,*
> *no menos de treinta veces tres!*

Siguió luego un confuso barullo de «vivas» y de brindis y Alicia pensó:

—Treinta veces tres son noventa, ¿me pregunto si alguien estará contando?

Al minuto siguiente volvió a reinar el mayor silencio y la misma estridente voz de antes empezó a cantar una estrofa más:

> ¡Oh, criaturas del espejo
> —clamó Alicia—. Venid y acercaros a mí!
> ¡Os honro con mi presencia
> y os regalo con mi voz!
> ¡Qué alto privilegio os concedo
> de cenar y merendar conmigo,
> con la Reina roja y con la Reina blanca!

Otra vez corearon las voces:

> ¡Llenemos las copas hasta rebosar,
> con melazas y con tintas,
> o con cualquier otro brebaje
> igualmente agradable de beber! ¡
> Mezclad la arena con la sidra
> y la lana con el vino!
> ¡Y brindemos por la Reina Alicia
> no menos de noventa veces nueve!

—¡Noventa veces nueve! —repitió Alicia con desesperación—. ¡Así no acabarán nunca! Será mejor que entre ahora mismo de una vez —y en efecto entró; pero en el momento en que apareció se produjo un silencio mortal.

Alicia miró nerviosamente a uno y otro lado de la mesa mientras avanzaba andando por la gran sala; pudo ver que había como unos cincuenta comensales, de todas clases: algunos eran animales, otros pájaros y hasta se podían ver algunas flores.

«Me alegro de que hayan venido sin esperar a que los hubiera invitado —pensó—, pues desde luego yo no habría sabido nunca a qué personas debía invitar.»

Tres sillas formaban la cabecera de la mesa: la Reina roja y la Reina blanca habían ocupado ya dos de ellas, pero la del centro permanecía vacía. En esa se fue a sentar Alicia, un poco azorada por el silencio y deseando que alguien rompiese a hablar.

Por fin empezó la Reina roja:

—Te has perdido la sopa y el pescado —dijo—. ¡Qué traigan el asado!

Y los camareros pusieron una pierna de cordero delante de Alicia, que se la quedó mirando un tanto asustada porque nunca se había visto en la necesidad de trinchar un asado en su vida.

—Pareces un tanto cohibida, Permíteme que te presente a la pierna de cordero —le dijo la Reina roja—: Alicia..., Cordero; Cordero..., Alicia.

La pierna de cordero se levantó en su fuente y se inclinó ligeramente ante Alicia; y Alicia le devolvió la reverencia no sabiendo si debía de sentirse asustada o divertida por todo esto.

—¿Me permiten que les ofrezca una tajada? —dijo tomando el cuchillo y el tenedor y mirando a una y a otra reina.

—¡De ningún modo! —replicó la Reina roja muy firmemente—. Sería una falta de etiqueta trinchar a alguien que
nos acaba de ser presentado. ¡Qué se lleven el asado! —Y
los camareros se lo llevaron con diligencia, poniendo en su
lugar un gran budín de ciruelas.

—Por favor, que no me presenten al budín —se apresuró a indicar Alicia— o nos quedaremos sin cenar. ¿Querrían que les sirviese un poquito? Pero la Reina roja frunció el entrecejo y se limitó a gruñir fuertemente.

—Budín..., Alicia; Alicia..., Budín. ¡Que se lleven el budín! —y los camareros se lo llevaron con tanta rapidez que Alicia no tuvo tiempo ni de devolverle la reverencia.

De todas formas, no veía por qué tenía que ser siempre la Reina roja la única en dar órdenes; así que, a modo de experimento, dijo en voz bien alta:

—¡Camarero! ¡Que traigan de nuevo ese budín! —y ahí reapareció al momento, como por arte de magia.

Era tan enorme que Alicia no pudo evitar el sentirse un poco cohibida, lo mismo que le pasó con la pierna de cordero. Sin embargo, haciendo un gran esfuerzo, logró sobreponerse, cortó un buen trozo y se lo ofreció a la Reina roja.

—¡¡Qué impertinencia!! —exclamó el budín—. ¿Te gustaría a ti que te cortaran en pedazos? ¡Qué bruta!

Hablaba con una voz espesa y grasienta y Alicia se quedó sin respiración, mirándolo toda pasmada.

—Dile algo —recomendó la Reina roja—. Es ridículo dejar toda la conversación a cargo del budín.

—¿Sabe usted? En el día de hoy me han recitado una gran cantidad de poemas —empezó diciendo Alicia, un poco asustada al ver que en el momento en que abría los labios se producía un silencio de muerte y que todos los ojos se fijaban en ella—. Y me parece que hay algo muy curioso..., que todos ellos tuvieron algo que ver con pescados. ¿Puede usted decirme por qué gustan tanto los peces a todo el mundo de por aquí?

Le decía esto a la Reina roja, cuya respuesta se alejó un tanto del tema.

—Respecto al pescado —dijo muy lenta y solemnemente, acercando mucho la boca al oído de Alicia—, Su Blanca Majestad sabe una adivinanza..., toda en rima..., y toda sobre peces... ¿Quieres que te la recite?

—Su Roja Majestad es muy amable de sacarlo a colación —murmuró la Reina blanca al otro oído de Alicia, arrullando como una paloma—. Me gustaría tanto hacerlo..., ¿no te importa?

—No faltaba más —concedió Alicia, con mucha educación. La Reina blanca sonrió alegremente de lo contenta que se puso y acarició a Alicia en la mejilla.

Empezó entonces:

> *Primero, hay que pescar al pez:*
> *cosa fácil es:*
> *hasta un niño recién nacido sabría hacerlo.*
> *Luego, hay que comprar al pez:*
> *cosa fácil es:*
> *hasta con un penique podría lograrlo.*
>
> *Ahora, cocíname a ese pez:*
> *cosa fácil es:*
> *no nos llevará ni tan siquiera un minuto.*
> *Arréglamelo bien en una fuente:*
> *pues vaya cosa: si ya está metido en una.*

Tráemelo acá, que voy a cenar;
nada más fácil que ponerla sobre la mesa.
¡Destápame la fuente!
¡Ay! Esto sí que es difícil: no puedo yo con ella.

Porque se pega como si fuera con cola,
porque sujeta la tapa de la fuente
mientras se recuesta en ella.
¿Qué es más fácil, pues,
descubrir la fuente
o destapar la adivinanza?

—Tómate un minuto para pensarlo y adivina luego —le dijo la Reina roja—. Mientras tanto, brindaremos a tu salud. ¡Viva la Reina Alicia! —chilló a todo pulmón y todos los invitados se pusieron inmediatamente a beber... Pero ¡de qué manera más extraña! Unos se colocaban las copas sobre sus cabezas, como si se tratara del cono de un apagador, bebiendo lo que les chorreaba por la cara... Otros voltearon las jarras y se bebían el vino que corría por las esquinas de la mesa..., y tres de ellos, que parecían más bien canguros, saltaron sobre la fuente del cordero asado y empezaron a tomarse la salsa a lametones:

«¡Como si fueran cerdos en su pocilga!», pensó Alicia.

—Deberías dar ahora las gracias con un discursito bien arreglado —aconsejó la Reina roja a Alicia con el entrecejo severamente fruncido.

—A nosotras nos toca apoyarte bien, ya sabes —le aseguró muy por lo bajo la Reina blanca a Alicia, mientras esta se levantaba para hacerlo, muy obedientemente, pero algo temerosa.

—Muchas gracias —susurró Alicia respondiéndole—, pero me las puedo arreglar muy bien sola.

—¡Eso sí que no puede ser! —pronunció la Reina roja con mucha determinación: así que Alicia intentó someterse a sus esfuerzos del mejor grado posible.

—¡Y lo que me apretujaban! —diría Alicia más tarde, cuando contaba a su hermana cómo había transcurrido la fiesta—. ¡Cualquiera hubiera dicho que querían chafarme del todo entre las dos!

La verdad es que le fue bastante difícil mantenerse en su sitio mientras pronunciaba su discurso: las dos reinas la empujaban de tal manera, una de cada lado, que casi la levantaban en volandas con sus empellones.

—Me levanto para expresaros mi agradecimiento... —empezó a decir Alicia; y de hecho se estaba levantando en el aire algunas pulgadas, mientras hablaba. Pero se agarró bien del borde de la mesa y consiguió volver a su sitio a fuerza de tirones.

—¡Cuidado! ¡Agárrate bien! —gritó de pronto la Reina blanca, sujetando a Alicia por el pelo con ambas manos—. ¡Que va a ocurrir algo!

Y entonces, como lo describiría Alicia más tarde, toda clase de cosas empezaron a ocurrir en un momento: las velas crecieron hasta llegar al techo..., parecían un banco de juncos con fuegos de artificio en la cabeza. En cuanto a las botellas, cada una se hizo con un par de platos que se ajustaron apresuradamente al costado, a modo de alas, y de esta guisa, con unos tenedores haciéndoles las veces de patas, comenzaron a revolotear en todas direcciones.

«¡Si hasta parecen pájaros!», logró pensar Alicia a pesar de la increíble confusión que empezaba a invadirlo todo.

En este momento, Alicia oyó que alguien soltaba una carcajada de borrachín a su lado y se volvió para ver qué le podía estar sucediendo a la Reina blanca; pero en vez de la Reina lo que estaba sentado a su lado era la pierna de cordero.

—¡Aquí estoy! —gritó una voz desde la marmita de la sopa y Alicia se volvió justo a tiempo para ver la cara ancha y bonachona de la Reina blanca sonriéndole por un momento antes de desaparecer del todo dentro de la sopa.

No había ni un momento que perder. Ya varios de los comensales se habían acomodado en platos y fuentes, y el cucharón de la sopa avanzaba amenazantemente por encima de la mesa, hacia donde estaba Alicia, haciéndole ademanes impacientes para que se apartara de su camino.

—¡Esto no hay quien lo aguante! —gritó Alicia poniéndose en pie de un salto y agarrando el mantel con ambas manos: un buen tirón y platos, fuentes, velas y comensales se derrumbaron por el suelo, cayendo con estrépito y todos juntos en montón.

—¡Y en cuanto a ti...! —continuó volviéndose furiosa hacia la Reina roja, a la que consideraba culpable de todo este enredo...

Pero la Reina ya no estaba a su lado..., había menguado inesperadamente hasta convertirse en una pequeña muñeca que estaba ahora sobre la mesa, correteando alegremente y dando vueltas y más vueltas en pos de su propio mantón que volaba a sus espaldas.

En cualquier otro momento, Alicia se habría sorprendido al ver este cambio, pero estaba demasiado sobresaltada para que nada le sorprendiese ahora.

—¡En cuanto a ti...! —repitió agarrando a la figurilla justo cuando esta estaba saltando por encima de una botella que había aterrizado sobre la mesa—. ¡Te voy a sacudir hasta que te conviertas en un minino! ¡Vaya que sí lo voy a hacer!

X

Sacudiendo

Mientras hablaba, Alicia la retiró de la mesa y empezó a sacudirla hacia atrás y hacia adelante con todas sus fuerzas. La Reina roja no ofreció la menor resistencia: tan solo ocurrió que su cara se fue empequeñeciendo mientras que los ojos se le agrandaban y se le iban poniendo verdes; y mientras Alicia continuaba sacudiéndola, seguía haciéndose más pequeña..., y más gorda..., y más suave..., y más redonda..., y ...

XI

Despertando

..., **y**..., ¡en realidad era un minino, después de todo!

XII

¿Quién lo soñó?

—Su Roja Majestad no debería ronronear tan fuerte —dijo Alicia, frotándose los ojos y dirigiéndose al minino, respetuosamente pero con severidad—. Me has desperta- do y ¡ay, lo que estaba soñando era tan bonito! Y has estado conmigo, minino, todo este tiempo, en el mundo del espe- jo, ¿lo sabías, querido?

Los gatitos tienen la costumbre, muy inconveniente, ha- bía dicho Alicia en alguna ocasión, de ponerse siempre a ronronear les digas lo que les digas.

—Si tan solo ronronearan cuando dicen «sí» y maullaran cuando dicen «no», o cualquier otra regla por el estilo, lo que sea para poder conversar. ¡Pero no!

¿Cómo puede una hablar con una persona que se empeña en decir siempre la misma cosa?

En esta ocasión el minino solo ronroneó y era imposible saber si estaba diciendo que «sí» o que «no».

Así que Alicia se puso a rebuscar por entre las figuras del ajedrez hasta que encontró a la Reina roja; entonces se arrodilló sobre la alfombra delante de la chimenea y colocó al minino y a la Reina uno frente a la otra:

—¡Ahora dime, gatito! —exclamó batiendo palmas—. ¡Confiesa que te convertiste en ella!

(—Pero no quería ni mirar a la figurilla —diría luego Alicia cuando se lo contase todo a su hermana—. Giraba la cabeza y pretendía que no la veía; pero parecía que estaba algo avergonzado de sí mismo, así que creo que tuvo que ser él quien se convirtió en la Reina roja.)

—¡Siéntate un poco más derecho! —le gritó Alicia riendo alegremente—. ¡A ver si haces una reverencia mientras piensas qué es lo que vas a..., lo que vas a ronronear! Ya sabes que así se gana tiempo.

Y lo levantó en brazos para darle un besito.

—En honor de quien ha sido una Reina roja. ¡Copito de nieve! ¡Mi favorito! —continuó, mirando por encima del hombro al minino blanco, que se sometía todavía con paciencia al meticuloso acicalamiento de su madre—. ¿Y cuándo, me pregunto, acabará Dina con su Blanca Majestad? Por eso será que estabas tan desgreñada en mi sueño...

¡Pero Dina! ¿Te das cuenta de que estás fregoteando nada menos que a una Reina Blanca? ¡Francamente, qué falta de respeto!

—¿Y en qué se habrá convertido Dina, me gustaría saber? —continuó parloteando Alicia mientras se acostaba sobre el suelo, poniéndose cómoda, con un codo apoyado sobre la alfombra y la barbilla descansando sobre una mano, para observar a los gatitos.

—Dime, Dina: ¿te transformaste en Humpty Dumpty? Pues yo creo que sí... Sin embargo, será mejor que no se lo digas a tus amigos por ahora porque todavía no estoy segura. A propósito, minino; si de verdad estuviste conmigo en mi sueño, hay algo con lo que desde luego lo habrías pasado muy bien..., toda esa cantidad de poemas que me recitaron y, ¡todos sobre peces! Mañana por la mañana te daré algo que te gusta mucho: mientras te comes el desayuno te recitaré «La morsa y el carpintero», ¡para que puedas imaginarte que te estás zampando unas ostras! Ahora, veamos, minino: pensemos bien quién fue el que ha soñado todo esto. Te estoy preguntando algo muy serio, querido mío, así que no deberías seguir ahí lamiéndote una patita de esa manera... ¡Como si Dina no te hubiera dado ya un buen lavado esta mañana! ¿Comprendes, minino? O fui yo o fue el Rey rojo, por fuerza. ¡Pues claro que él fue parte de mi sueño!, pero también es verdad que yo fui parte del suyo. ¿Fue de veras el Rey rojo, minino? Tú eras su esposa, querido, de forma que tú deberías saberlo... ¡Ay, minino! ¡Ayúdame a decidirlo! Estoy segura de que tu patita puede esperar a más tarde.

Pero el exasperante gatito se hizo el sordo y empezó a lamerse la otra.

¿Quién creéis vosotros que fue?

La caza
del Snark,

una agonía
en ocho espasmos

THE HUNTING OF THE SNARK

DEDICATORIA

Ataviada con traje de varón, adecuado a sus varoniles
ocupaciones, esgrime con entusiasmo el azadón.
Pero le encantaría recostarse en la amistosa rodilla
y escuchar el cuento que a él le gusta contar.
Rudos espíritus abocados a vanas quimeras
e indiferentes a su impoluta vivacidad,
decidme si consideráis que he desperdiciado
horas de mi vida vacías de todo placer.
Sigue hablando, dulce niña, y rescata del tedio corazones
que sabias conversaciones no rescatan.
Feliz aquel que posee la más tierna dicha:
¡el amor de una niña!
Alejaos, apasionados pensamientos, ¡no turbéis más mi alma!
El trabajo reclama mis desveladas noches, mis afanosos días.
Mas los radiantes recuerdos de esa soleada playa
todavía hechizan mi soñadora mirada.

PREFACIO

Si, y esto es algo desatinadamente posible, se acusara al autor de este breve, pero instructivo poema, de escribir tonterías, estoy convencido de que dicha acusación estaría basada en el siguiente verso:

Entonces el bauprés y el timón se confundían en ocasiones.

En vista de esta dolorosa posibilidad, no apelaré indignado (como podría hacer) a mis otros escritos para demostrar que soy incapaz de algo semejante; no aludiré (como podría hacer) al fuerte propósito moral de este poema, ni a los principios aritméticos tan precavidamente inculcados en él, ni a sus nobles enseñanzas de historia natural. Prefiero adoptar el procedimiento más prosaico de explicar simplemente cómo ocurrió todo.

El capitán, que era especialmente sensible en cuanto a las apariencias, solía hacer que el bauprés fuese desembarcado una o dos veces por semana para barnizarlo y en más de una ocasión, al llegar el momento de volverlo a poner en su sitio, no había nadie a bordo que supiese a qué extremo del barco pertenecía. Todos sabían que no servía de nada consultar al capitán, ya que este simplemente se habría referido a su Código Naval y habría leído en voz alta y patética las Instrucciones del Almirantazgo, que nadie en el barco entendía, así que generalmente terminaban por sujetarlo, como podían, sobre el timón. El timonel solía observar todo esto con lágrimas en los ojos: *él* sabía que estaba mal hecho, pero, ¡ay!, el artículo 42 del Código: «Nadie hablará al Hombre del Timón», había sido completado por el mismísimo capitán con la palabras: «y el Hombre del Timón no hablará con nadie». Así que quejarse era imposible y hasta el siguiente día que tocase barnizar no podría realizarse ningún movimiento con el timón. Durante esos desconcertantes intervalos, el barco normalmente navegaba hacia atrás.

Como, de alguna forma, este poema está conectado con la balada de Jabberwock, dejadme aprovechar esta oportunidad para contestar a una pregunta que me han hecho a menudo: cómo pronunciar «deslizosos tovos». La «i» de «deslizosos» es como la «i» de «amistosos», y «tovos» se pronuncia de manera que rime con «lodos». Asimismo, la primera «o» de «borogovos» se pronuncia como la «o» de «loro». He oído gente que trata de pronunciarla como la «o» de «ahoga». Tal es la perversidad humana.

Esta también me parece una buena ocasión para llamar la atención sobre otras palabras difíciles del poema. La Teoría de Humpty-Dumpty, la de dos significados metidos en una sola palabra como en un maletín, me parece una buena explicación para todas ellas.

Por ejemplo, tomemos las palabras «humeante» y «furioso». Imaginad que deseáis decir las dos palabras, pero no sabéis cuál pronunciar primero. Si vuestros pensamientos se inclinan, aunque sea levemente, hacia «humeante», diréis «humeante-furioso»; si por un pelo se inclinasen hacia «furioso», diríais «furioso-humeante»: pero si tuvieseis el extraño don de una mente en perfecto equilibrio, diríais «humioso».

Supongamos que cuando Pistol pronunció la famosa frase:

¿Bajo qué rey bellaco? ¡Habla o muere!

El juez Shallow hubiera sabido con certeza que se trataba de William o de Richard, pero, al no saber cuál de los dos exactamente, no podría decir primero uno y luego otro. No podemos dudar que para evitar morir habría exclamado: «¡Rilchiam!»

El desembarco

«¡**Este** es lugar del *snark*!», gritó el capitán, mientras desembarcaba con cuidado a su tripulación, manteniendo a cada hombre por encima de las olas con la ayuda de un dedo enredado en su pelo.

«¡Este es lugar del *snark*! Lo he dicho dos veces: eso alentará a la tripulación. ¡Este es lugar del *snark*! Lo he dicho tres veces: lo que yo diga tres veces es verdad.»

La tripulación estaba completa. Incluía un limpiabotas, un fabricante de gorras y bonetes, un abogado, para que mediase en las disputas, y un tasador, para que evaluase sus bienes.

Un jugador de billar, muy habilidoso, que podría haberse hecho de oro, de no ser porque un banquero, que resultaba un empleado muy caro, cuidaba el dinero de todos.

También había un castor, que paseaba por la cubierta, o que se sentaba en la proa a hacer encajes, y que (según el capitán) les había salvado muchas veces de naufragar, aunque ningún marinero sabía cómo.

Había uno que era famoso por el número de cosas que se había olvidado al subir al barco: su paraguas, su reloj, todas sus joyas y anillos, y la ropa que había comprado para el viaje.

Tenía cuarenta y dos cajas, empaquetadas con gran cuidado, con su nombre escrito claramente en ellas, pero, como se le olvidaron, todas se quedaron en la playa.

La pérdida de sus ropas no importaba casi nada, porque cuando llegó al barco llevaba puestos siete abrigos y tres pares de botas. Sin embargo, lo peor era que había olvidado totalmente su nombre.

Contestaba a cualquier «¡Eh!» o a cualquier otro grito, como «¡Morralla!» o «¡Buñuelo de pelos!», o «¡Sea cual sea tu nombre!» o «¡Como te llames!», pero, especialmente, a «¡Ese!».

Mientras de aquellos que preferían usar expresiones más enérgicas recibía distintos nombres, sus amigos íntimos le llamaban «Cabo de vela», y sus enemigos, «Queso tostado».

«Su apariencia es desgarbada, su inteligencia poca» (así decía a menudo el capitán), «¡pero su coraje es perfecto! Y al fin y al cabo, eso es lo que se necesita para cazar un *snark*.»

Gastaba bromas a las hienas, devolviéndoles la mirada con un descarado movimiento de cabeza, y una vez fue a pasear, mano a mano, con un oso «solo para levantarle el ánimo», dijo.

Vino como panadero, pero admitió, demasiado tarde, y esto volvió medio loco al capitán, que solo sabía hacer pastel de boda, para el que, yo aseguro, no tenían ingredientes.

El último tripulante merece una observación especial. Aunque parecía un increíble asno, solo tenía una idea, pero como esta era el *snark*, el capitán le contrató de inmediato.

Vino de carnicero, pero gravemente declaró, cuando el barco ya llevaba una semana navegando, que solo era capaz de matar castores. El capitán se asustó y tan asustado estaba que ni una sola palabra pudo articular.

Pero, más tarde, explicó, con voz temblorosa, que había solo un castor a bordo, que estaba amaestrado y que era suyo, por lo que su muerte sería profundamente lamentada.

El castor, que por casualidad escuchó esta observación, protestó, con lágrimas en los ojos, diciendo que ni el éxtasis producido por la caza del *snark* podría compensarle este tremendo disgusto.

Pidió insistentemente que el carnicero viajara en otro barco distinto. Pero el capitán dijo que esto no concordaba con los planes que había hecho para el viaje.

Navegar era siempre un arte muy difícil, aunque fuese con un barro y una sola campana, por tanto se temía que debía negarse a contratar a otro.

Lo mejor que podía hacer el castor era, sin duda, buscarse un abrigo de segunda mano a prueba de cuchillos.

Eso le aconsejó el panadero, y después debería asegurar su vida en una compañía respetable.

Esto le sugirió el banquero, quien se ofreció a alquilarle (en buenas condiciones), o a venderle, dos excelentes pólizas: una contra el fuego y otra contra los daños producidos por el granizo.

Sin embargo, todavía, desde ese triste día, pase por donde pase el carnicero, el castor mira hacia otro lado y se muestra inexplicablemente reservado.

Espasmo

II

El discurso del capitán

Al mismísimo capitán todos ponían por las nubes.
¡Qué porte, qué naturalidad y qué gracia!
¡Qué solemnidad, también! ¡Cualquiera podía ver que era un hombre sabio, con solo mirarle a la cara!

Había comprado un gran mapa del mar, sin un solo vestigio de tierra. Y toda la tripulación estaba encantada, al ver que era un mapa comprensible para ellos.

«¿Qué utilidad tienen el Ecuador, el Polo Norte y las zonas de Mercator, los Trópicos y las líneas de los Meri-

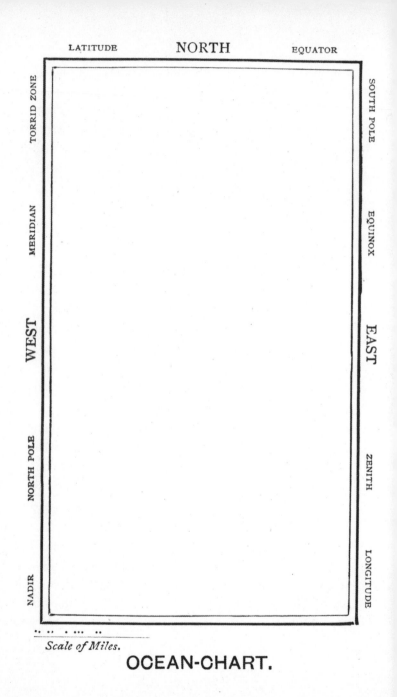

LATITUDE   NORTH   EQUATOR

TORRID ZONE   SOUTH POLE

MERIDIAN   EQUINOX

WEST   EAST

NORTH POLE   ZENITH

NADIR   LONGITUDE

Scale of Miles.

OCEAN-CHART.

dianos?» Así decía el capitán. Y la tripulación contestaba: «¡Son solamente signos convencionales!».

«Otros mapas tienen formas, con las islas y los cabos, pero nosotros debemos agradecer a nuestro valiente capitán (así hablaba la tripulación) que nos haya comprado el mejor... ¡un perfecto y absoluto mapa blanco!»

Esto era maravilloso, sin duda, pero pronto averiguaron que el capitán, al que ellos tenían en tan buena estima, solo tenía una idea para cruzar el océano, y esta era tocar su campana.

Era pensativo y serio, pero las órdenes que daba eran suficientes para desorientar a la tripulación. Cuando gritaba: «¡Girad a estribor, pero dejad la proa a babor!», ¿qué diablos podía hacer el timonel?

Entonces el bauprés y el timón se confundían en ocasiones, algo que, como decía el capitán, ocurre frecuentemente en climas tropicales, cuando una nave está, por decirlo así, «snarkada».

Pero el fallo principal ocurrió durante la navegación, y el capitán, perplejo y afligido, dijo que él *había* esperado, al menos, que cuando el viento soplara hacia el Este, el barco *no* fuese rumbo al Oeste.

Pero el peligro había pasado. Por fin habían desembarcado, con sus cajas, maletas y bolsas. Sin embargo, a primera vista, a la tripulación no le gustó el paisaje, que estaba plagado de acantilados y rocas.

El capitán percibió que los ánimos estaban bajos y contó, en tono melodioso, algunas bromas que se había guardado para las ocasiones de aflicción. Pero la tripulación no hacía más que gemir.

Les sirvió ponche con mano generosa y les invitó a sentarse en la playa, y ellos reconocieron que su capitán tenía un magnífico porte, mientras permanecía de pie lanzándoles un discurso.

«¡Amigos, nobles y campesinos, prestadme atención!» (A todos les gustaban las citas, así que a su salud bebieron y gritaron tres hurras, mientras él les servía otro vaso.)

«¡Hemos navegado varios meses, hemos navegado muchas semanas (cuatro al mes, podéis anotar), pero todavía, hasta este momento (y es vuestro capitán el que habla), no hemos visto, ni por asomo, *un snark!*

¡Hemos navegado muchas semanas, muchos días (siete por semana, lo reconozco), pero nunca un *snark*, sobre el que nos encantaría poner la vista, nos hemos encontrado hasta ahora!

Venid, escuchad, compañeros, mientras os vuelvo a decir las cinco señas infalibles por las que vosotros sabréis, donde quiera que vayáis, que se trata de un genuino *snark*.

Vamos a conocerlas por orden. Primero, el sabor, que es escaso y engañoso, pero crujiente, como un abrigo que está demasiado ajustado a la cintura, con un aroma a gusto de alfeñique.

Su hábito de levantarse tarde, estaréis de acuerdo conmigo en que va demasiado lejos, cuando os digo que normalmente desayuna a la hora del té y cena al día siguiente.

Tercero, es lento para entender un chiste; si os atrevéis, probad con alguno, y suspirará como una criatura muy triste y siempre estará serio ante un juego de palabras.

Cuarto, le encantan las cabinas de baño, que constantemente lleva de uno a otro lado, porque cree que le añaden belleza al paisaje... Opinión que puede dudarse.

Quinto, es ambicioso. Pero debemos describir dos grupos; distinguir entre los que tienen plumas y pican, y los que tienen bigote y arañan.

Porque, aunque normalmente un *snark* no hace daño, es mi obligación deciros que algunos son *boojums*...»

El capitán, alarmado, se quedó de repente callado al ver que el panadero se había desmayado.

Espasmo

III

La historia del panadero

Le reanimaron con panecillos, le reanimaron con hielo. Le reanimaron con mostaza y con berros. Le reanimaron con mermelada y con consejos juiciosos, y le pusieron enigmas que resolver.

Cuando por fin se sentó y pudo hablar, su triste historia se ofreció a contar. Y el capitán gritó: «¡Silencio! ¡Ni un ruido!», y excitado su campana se puso a tañer.

¡Se hizo un completo silencio! Ni un ruido, ni una voz, apenas un lamento o un gemido, mientras el hombre al que llamaban «¡Eh!» contaba su desdichada historia en tono antediluviano.

«Mi padre y mi madre eran honrados, aunque pobres...»

«¡Sáltate eso!», interrumpió el capitán.

«Si se hace de noche, no podremos divisar un *snark* y no tenemos ni un minuto que perder.»

«Me saltaré cuarenta años», dijo el panadero llorando, «y seguiré, sin más dilación, contando el día en que me admitisteis en vuestro barco, para ayudaros a cazar un *snark*.

Un tío mío muy querido (que me dio su nombre) observó, cuando fui a despedirme de él...»

«¡Oh, sáltate a tu querido tío!», exclamó el capitán, tocando enfadado su campana.

«Él me dijo entonces», siguió en tono amable, «si tu *snark* es un *snark*, está bien: tráelo a casa por todos los medios. Puedes servirlo con verdura, y es útil para encender una vela.

Puedes buscarlo con dedales, buscarlo con cuidado, cazarlo con tenedores y esperanza, con acciones de los ferrocarriles amenazarlo y hechizarlo con sonrisas y jabón...»

(«Ese es exactamente el método», dijo, decidido, el capitán en un paréntesis repentino, «¡Esa es exactamente la forma que a mí siempre me han contado para intentar la caza del *snark*!»)

«¡Pero, ay! Radiante sobrino, guárdate de ese día, si tu *snark* es un *boojum*! ¡Porque entonces ese día, suave y repentinamente, tú desaparecerás y nadie podrá encontrarte otra vez!

Esto es, esto es lo que oprime mi alma, cuando pienso en las ultimas palabras de mi tío. ¡Y mi corazón no es más que un tazón rebosante de temblorosa cuajada. Esto es, esto es...»

«Ya hemos oído esto antes», dijo el capitán indignado.

Y el panadero contestó: «Dejadme decirlo una vez más: ¡Esto es, esto es lo que yo me temía! Entablo con el *snark*, cada noche cuando oscurece, una delirante lucha en sueños.

Lo sirvo con verdura en esas escenas sombrías y también lo uso para encender cerillas. Pero si alguna vez me encuentro con un *boojum*, ese día, en un momento (estoy seguro de ello), suave y repentinamente desapareceré ¡y esta idea es la que no puedo soportar!»

Espasmo

IV

La caza

El capitán, encolerizado, frunció el ceño. «¡Si tú hubieras hablado antes! ¡Ha sido inoportuno mencionar esto ahora, con el *snark*, por así decirlo, a un paso de nosotros!

Todos lamentaríamos, puedes imaginarte, otra vez no volver a encontrarte. ¿Pero, por qué, amigo, no sugeriste esto cuando empezó el viaje?

Es excesivamente torpe mencionar esto ahora... como creo que ya he dicho antes.»

Y el hombre de nombre «¡Eh!» contestó suspirando: «Os informé de esto el día del embarque.

¡Podéis acusarme de asesinato o de falta de sentido (todos somos débiles a veces): pero ni el más leve acercamiento a la falsedad se encuentra entre mis delitos!

Lo dije en hebreo, lo dije en holandés, lo dije en alemán y en griego; pero olvidé completamente (y eso me enfada mucho) ¡que vosotros habláis en inglés!»

«Es una triste historia», dijo el capitán, cuya cara se había alargado con cada palabra, «pero ahora que nos has contado todo, sería absurdo seguir hablando de ello.

El resto de mi discurso (les explicó a sus hombres) lo oiréis cuando tenga tiempo, pero ahora el *snark* esta cerca, ¡os lo vuelvo a repetir!, y buscarlo es nuestro glorioso deber.

¡Buscadlo con dedales, buscadlo con cuidado, perseguidlo con tenedores y esperanza, con acciones del ferrocarril amenazarlo y hechizadlo con sonrisas y jabón!

Como el *snark* es una criatura peculiar, no lo cazaremos de una manera normal. Haced todo lo que ya sabéis y probad lo que no sabéis.

¡No podemos perder ni una oportunidad hoy!

Porque Inglaterra espera... me abstengo de seguir: es una frase tremenda, aunque trivial.

Mejor será que vayáis desempaquetando lo que necesitáis y os preparéis para la lucha.

Entonces el banquero endosó un cheque en blanco (que había cruzado) y cambió las monedas en billetes. El panadero, con cuidado, se peinó los bigotes y el pelo, y sacudió el polvo de sus abrigos.

El limpiabotas y el tasador afilaron el pico... utilizando la muela por turnos. Y el castor seguía haciendo encajes y no mostraba ningún interés en el asunto.

El abogado trató de apelar a su orgullo y en vano le citó un gran número de casos, en los que hacer encaje se había demostrado que era, de la ley, una violación.

El fabricante de bonetes planeaba ferozmente una nueva disposición para los lazos. Mientras el jugador de billar, con temblorosa mano, se pintaba con tiza la punta de la nariz.

Mas el carnicero se puso nervioso y se vistió muy elegante, con guantes de cabritilla amarillos y chorreras... Dijo que se sentía exactamente como el que va a una cena, a lo que el capitán observó: «¡Qué tontería!».

«¿Me presentaréis, "aquí, un buen tipo", le decía, si ocurre que nos los encontramos juntos?» Y el capitán, sacudiendo sagazmente la cabeza, dijo: «Eso dependerá del tiempo de ese día.»

El castor, simplemente, se puso a saltar de alegría, al ver al carnicero tan nervioso, e incluso el panadero, aunque estúpido y bobo, trató de esforzarse para guiñar un ojo.

«¡Actúa como un hombre!», gritó el capitán airado, al oír que el carnicero estallaba en sollozos. «¡Si nos encontramos con un jubjub, ese pájaro tan terrible, necesitaremos todas nuestras fuerzas!»

Espasmo

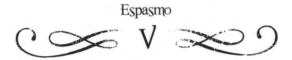

V

La lección del castor

Lo buscaron con dedales, con cuidado lo buscaron, lo persiguieron con tenedores y esperanza, con acciones del ferrocarril lo amenazaron y lo hechizaron con sonrisas y jabón.

Entonces el carnicero ideó un ingenioso plan para hacer una incursión él solo, y eligió un lugar no frecuentado por el hombre, un valle tenebroso y desolado.

Pero el mismo plan se le ocurrió al castor, que había elegido el mismo sitio, mas ninguno demostró, con signos o palabras, el disgusto que apareció en su cara.

Cada uno pensaba que el otro solo tenía en su mente al *Snark* y el glorioso trabajo de ese día. Y trataba de fingir que no se enteraba de que el otro andaba por ese mismo camino.

Pero el valle se hizo cada vez más estrecho y la tarde oscureció y hacía frío, hasta que (por los nervios, no por buena voluntad) ellos siguieron adelante, hombro con hombro.

Entonces un grito, agudo y estridente, estremeció el cielo, y ellos supieron que algún peligro acechaba. El castor palideció hasta la punta del rabo, e incluso el carnicero se sintió un poco raro.

Pensó en su niñez, muy lejana en el tiempo, un estado inocente y dichoso. Y el sonido que le venía a la mente era el del pizarrín rechinando en la pizarra.

«¡Es la voz del jubjub!», grito de repente (este hombre al que solían llamar «Asno»). «Como diría el capitán», añadió con orgullo, «ya he explicado esta sensación anteriormente.

Es el canto del jubjub Sigue contando, te lo ruego: con esta, observarás que lo he dicho dos veces. «¡Es la canción del jubjub! La prueba está completa y solo te lo he dicho tres veces.»

El castor había contado con escrupuloso cuidado y cada palabra atentamente escuchaba, pero se descorazonó completamente y le invadió la desesperación al ver que se daba esa tercera repetición.

Sentía que, a pesar de todos sus posibles esfuerzos, de alguna manera había perdido la cuenta, y lo único que cabía era devanarse los sesos tratando de volver a calcular dicha cuenta.

«Dos más uno... ¡si es que se puede contar eso...», dijo, «... con el pulgar y los dedos!», mientras recordaba, entre lágrimas, cómo en su juventud no se había esforzado en aprender a sumar.

«Eso puede hacerse», dijo el carnicero, «creo». «Debe hacerse, estoy seguro. ¡Se hará! Traedme papel y tinta, hay tiempo para hacerlo.»

El castor trajo papel, carpeta, pluma y tinta en una gran provisión, mientras unas horribles criaturas salieron de sus guaridas y con ojos perplejos observaron aquella operación.

Tan absorto estaba el carnicero, que no les prestó atención, mientras escribía con un lápiz en cada mano, y con un lenguaje corriente explicaba todo para que el castor pudiera entenderlo.

«Tomaremos el *tres* como base de este razonamiento... una cifra muy fácil de escribir... Le sumamos *siete y diez* y después lo multiplicamos por *mil* menos *ocho*.

Después, como ves, dividimos el resultado entre *novecientos noventa y dos*. Luego restamos *diecisiete*, y la respuesta debe ser exacta y perfectamente cierta.

Me encantaría explicarte el método a seguir, mientras lo tengo claro en mi mente, si tuviéramos yo tiempo y tú cabeza..., pero todavía queda mucho por decir.

En un momento he visto lo que hasta ahora ha estado oculto en un absoluto misterio y ahora te daré, libremente y sin cargo adicional, una lección de historia natural.»

De esta forma genial siguió hablando (olvidando todas las leyes de la propiedad, ya que dar instrucciones, sin introducción, causaría un gran revuelo en la sociedad).

«Por su temperamento, el jubjub es un ave terrible, porque vive perpetuamente en cólera. Sus gustos son absurdos en cuanto a la ropa y está a años luz por delante en la moda.

Recuerda a todos los amigos que ha conocido antes y nunca se deja sobornar, y en las reuniones benéficas se queda en la puerta y recoge el dinero..., aunque nada se digna a aportar.

Su sabor, cuando está cocinado, es mucho más sabroso que el del cordero, las ostras o los huevos. (Algunos piensan que se conserva mejor en una jarra de marfil, aunque otros opinan que en un barril de caoba.)

Se hierve en serrín, se sazona con gluten, se espesa con langosta y una cinta. Pero todavía el principal objetivo que hay que tener... es mantener su forma simétrica.»

El carnicero habría estado hablando encantado hasta el siguiente día, pero se dio cuenta de que la lección debía terminar y se atrevió a decir, llorando de alegría, que al castor, su amigo había llegado a considerar.

Mientras el castor confesó, con aspecto emocionado, más elocuente incluso que las lágrimas, que en diez minutos había aprendido mucho más que lo que todos los libros, en setenta años, le habían enseñado.

Volvieron de la mano, y el capitán desarmado (durante un instante), y muy emocionado, dijo: «¡Esto compensa ampliamente los aburridos días que en el agitado océano hemos pasado!»

Tan amigos se hicieron, el castor y el carnicero, que es algo nunca visto.

En invierno, o verano, siempre era lo mismo... uno nunca podía ver al otro sin su amigo.

Y si alguna disputa surgía, como pasa a menudo a pesar de que todos se esfuercen.

¡La canción del jubjub volvía a sus mentes y cimentaba su amistad para siempre!

Espasmo

VI

El sueño del abogado

Lo buscaron con dedales, con cuidado lo buscaron, lo persiguieron con tenedores y esperanza, con acciones del ferrocarril lo amenazaron y lo hechizaron con sonrisas y jabón.

Pero el abogado, cansado de probar en vano que el castor con su encaje estaba delinquiendo, se durmió y en sus sueños vio claramente a la criatura que su imaginación había estado buscando tanto tiempo.

Soñó que estaba ante un sombrío tribunal, donde el *snark*, con una lente sobre el ojo, toga, faja y peluca, defendía a un cerdo, acusado de haber abandonado su pocilga.

Los testigos demostraron, sin fallo o error, que la pocilga cuando la encontraron estaba vacía. Y el juez siguió explicando lo que la ley establecía en un tono dulce y subterráneo de voz.

La acusación no había sido claramente explicada, parecía que el *snark* había empezado, y durante tres horas había comentado, antes de que alguien adivinara lo que se suponía que había hecho el cerdo acusado.

Los miembros del jurado tenían puntos de vista diferentes (antes de que se leyese la acusación), y todos hablaban a la vez y ninguno sabía qué era lo que decía el resto de la gente.

«Debéis saber...», dijo el juez, pero el *snark* exclamó: «¡Tonterías! ¡Esta ley es bastante obsoleta! Dejadme que os diga, amigos, que toda esta cuestión se basa en un antiguo derecho feudal.

En cuanto a la traición, parecería que el cerdo ha ayudado, pero no ha incitado. Mientras que el cargo de insolvencia se descarta, eso está claro, si se admite como alegato nada hubo adeudado.

En cuanto a la deserción, no lo pongo en duda, pero su culpa, creo, será anulada (por lo menos en lo referente al coste de este pleito) por la coartada que ha sido demostrada.

El destino de mi pobre cliente depende ahora de sus votos.»

Aquí, el o

rador se sentó en su sitio y se dirigió al juez para que consultara sus notas y brevemente resumiera el caso.

Pero el juez dijo que nunca había hecho un resumen antes. Así que el *snark* ocupó su lugar ¡y lo hizo tan bien que llegó más allá de lo que los testigos habían dicho.

Cuando se pidió que dieran el veredicto, el jurado declinó porque esa palabra era muy difícil de deletrear. Pero se atrevieron a pedirle al *snark* que se ocupase de eso también.

Así que el *snark* dio el veredicto, aunque, como confesó, estaba cansado por el esfuerzo del día. Cuando dijo la palabra «¡CULPABLE!», todo el jurado gimió y alguno incluso se desmayó.

Entonces el *snark* dictó sentencia, al estar el juez demasiado nervioso para decir una sola palabra. Cuando se puso de pie, el silencio era tan total que podía oírse una aguja caer.

«Destierro de por vida», fue la sentencia que dictó, «y luego una multa de cuarenta libras tendrá que pagar.» Todo el jurado aplaudió. aunque el juez dijo que había temido que la frase no tuviese un sonido legal.

Pero su explosión de júbilo pronto se vio truncada cuando el carcelero les informó, entre llantos, que dicha sentencia no tendría el más mínimo efecto porque el cerdo había muerto hacía ya algunos años.

El juez se marchó del tribunal, con aspecto de profundo disgusto, pero el *snark*, aunque un poco consternado, como era el abogado encargado de la defensa, siguió hasta el final cantando.

Esto soñó el abogado, mientras el canto parecía hacerse más audible a cada momento, hasta que le despertó el tañer de una furiosa campana que el capitán tocaba a su oído.

Espasmo

VII

El destino del banquero

Lo buscaron con dedales, con cuidado lo buscaron, lo persiguieron con tenedores y esperanza, con acciones del ferrocarril lo amenazaron y lo hechizaron con sonrisas y jabón.

Y el banquero, movido por un coraje tan novedoso que fue objeto de comentario general, salió como un loco hasta perderle de vista, en su empeño por cazar el *snark*.

Pero mientras lo buscaba con dedales y cuidado, un *bandersnatch* rápidamente se le acercó y capturó al banquero, que de miedo chilló, porque sabía que era inútil tratar de escapar.

Le ofreció un gran descuento, también le ofreció un cheque (pagadero «al portador») por valor de más de siete libras, pero el *bandersnatch* solamente estiró el cuello y agarró de nuevo al banquero.

Sin descanso y sin pausa, mientras esas mandíbulas no dejaban de chasquear alrededor, se escapó, saltó, forcejeó y se desplomó, hasta que, de un desmayo, al suelo cayó.

El *bandersnatch* se marchó mientras los otros venían, atraídos por el grito de miedo, y el capitán observó: «¡Es lo que me temía!» Y solemnemente su campana tocó.

Tenía la cara negra y ellos apenas pudieron imaginar el más mínimo parecido con lo que había sido antes, porque tan grande era su miedo que su chaleco se había puesto blanco. ¡Algo realmente digno de ver!

Para horror de todos los que estaban presentes ese día, se irguió vestido de etiqueta, y por medio de muecas sin sentido procuró decir lo que su lengua nunca más podría.

Se hundió en una silla, pasándose las manos por el pelo, y cantaba las más *mísvolas* canciones, palabras que por necias demostraban su locura, mientras hacía sonar dos huesos.

«¡Dejadlo a su suerte..., se esta haciendo tarde!», gritó el capitán asustado. «Hemos perdido la mitad del día. Cualquier otro retraso, y no cazaremos un *snark* y la noche habrá llegado!».

Espasmo

VIII

La desaparición

Lo buscaron con dedales, con cuidado lo buscaron, lo persiguieron con tenedores y esperanza, con acciones del ferrocarril lo amenazaron y lo hechizaron con sonrisas y jabón.

Temblaban al pensar que la caza podía fallar, y el castor, muy excitado, saltaba sobre la punta del rabo, mientras la luz del día se había desvanecido.

«¡Ya se oye gritar a *Ese*!», dijo el capitán. «Grita como un loco, escuchad! ¡Agita los brazos y sacude la cabeza, seguro que ha encontrado un *snark*!»

Miraban deleitados y el carnicero decía: «¡Siempre fue un bromista terrible!». Le vieron... a su panadero..., a su héroe sin nombre... subido en una roca vecina.

Erguido y sublime, por un momento. Al momento siguiente, la salvaje figura que miraban (como presa de un espasmo) cayó en un abismo, mientras todos asustados esperaban y escuchaban.

«¡Es un *snark*!», fue lo primero que oyeron y a todos les parecía demasiado bueno para ser cierto. Después siguió un torrente de risas y hurras, luego las temidas palabras: «¡Es un *boo*...!».

Después, silencio. Algunos se imaginaron que oían en el aire un suspiro cansado y errante, que sonaba algo así como «¡...*jum*!», pero otros declararon que solo era el viento que soplaba.

Cazaron hasta que se hizo de noche, pero no encontraron ni un botón, ni una pluma ni una señal que pudiera indicarles que estaban pasando por donde el panadero había encontrado al *snark*.

En mitad de la palabra que trataba de decir, en mitad de su risa y su júbilo, suave y repentinamente desapareció..., porque el *snark era* un *boojum*, ya veis.